A Guardiã do Tempo

ALEXANDRA MONIR

A Guardiã do Tempo

Revelações sobre a Verdade de um Passado Distante
Uma História de Amor além da Eternidade

Tradução
MARTHA ARGEL
HUMBERTO MOURA NETO

JANGADA

Título do original: *Timekeeper*.
Copyright do texto © 2013 Alexandra Monir.
Copyright da ilustração do mapa © 2013 Michael Pietrocarlo.
Copyright da arte da capa © 2013 Chad Michael Ward.
Copyright da edição brasileira © 2016 Editora Pensamento-Cultrix Ltda.
Texto de acordo com as novas regras ortográficas da língua portuguesa.
"Just the Way You Are", de Billy Joel, copyright © 1977 Impulsive Music. Utilizada com permissão.
1ª edição 2016.
Todos os direitos reservados. Nenhuma parte desta obra pode ser reproduzida ou usada de qualquer forma ou por qualquer meio, eletrônico ou mecânico, inclusive fotocópias, gravações ou sistema de armazenamento em banco de dados, sem permissão por escrito, exceto nos casos de trechos curtos citados em resenhas críticas ou artigos de revistas.
A Editora Jangada não se responsabiliza por eventuais mudanças ocorridas nos endereços convencionais ou eletrônicos citados neste livro.
Esta é uma obra de ficção. Todos os personagens, lugares e acontecimentos retratados neste livro são produtos da imaginação da autora e usados de modo fictício. Qualquer semelhança com fatos e lugares reais é mera coincidência.
Editor: Adilson Silva Ramachandra
Editora de texto: Denise de Carvalho Rocha
Coordenação editorial: Roseli de S. Ferraz
Preparação de originais: Alessandra Miranda de Sá
Produção editorial: Indiara Faria Kayo
Assistente de produção editorial: Brenda Narciso
Editoração eletrônica: Fama Editora
Revisão: Bárbara C. Parente e Vivian Miwa Matsushita

Dados Internacionais de Catalogação na Publicação (CIP)
(Câmara Brasileira do Livro, SP, Brasil)

Monir, Alexandra
    A guardiã do tempo : revelações sobre a verdade de um passado distante : uma história de amor além da eternidade / Alexandra Monir. -- São Paulo : Jangada, 2016.

    Título original: Timekeeper
    ISBN 978-85-5539-041-8
    1. Ficção norte-americana I. Título.

16-01166   CDD-813

Índices para catálogo sistemático:
1. Ficção : Literatura norte-americana 813

Jangada é um selo editorial da Pensamento-Cultrix Ltda.

Direitos de tradução para o Brasil adquiridos com exclusividade pela EDITORA PENSAMENTO-CULTRIX LTDA., que se reserva a propriedade literária desta tradução.
Rua Dr. Mário Vicente, 368 — 04270-000 — São Paulo, SP
Fone: (11) 2066-9000 — Fax: (11) 2066-9008
http://www.editorajangada.com.br
E-mail: atendimento@editorajangada.com.br
Foi feito o depósito legal.

Dedicado a meu incrível pai, Shon Saleh,
por quem eu voltaria no tempo de bom grado.

Muito obrigada por todo o seu amor,
apoio, conhecimento e inspiração.

Tenho muita sorte de ser sua filha!

O Tempo pode ser o mestre da maioria dos seres humanos, embora, quando se trate de você, ele não possa conquistar nem seu corpo nem sua alma. Esta força inabalável, inquestionável, que transforma o dia em noite e bebês em anciãos, mantém seu funcionamento e fenômenos secretos sob um véu quase impenetrável. Se está lendo este livro, então foi escolhido para erguer esse véu. Você é um Guardião do Tempo: um dos seletos indivíduos nascidos com um dom que lhe permite mover-se através do Tempo e manipulá-lo.

Nós, os Guardiões do Tempo, podemos viver entre os povos do passado pré-histórico e com a mesma facilidade nos transportarmos a um futuro distante. A Chave do Nilo, que todos nós possuímos, distingue-nos do restante da humanidade. Tal chave poderosa, proveniente do Antigo Egito, representa o hieróglifo para a vida eterna. E, de fato, a capacidade de viajarmos para o passado e para o futuro nos permite uma existência muito mais duradoura do que a de um humano.

Antes que você prossiga, é crucial conhecer e compreender seu dom — um dom que, dependendo da maneira como é usado, pode levar a uma grande felicidade ou a uma tragédia terrível.

— MANUAL DA SOCIEDADE TEMPORAL

1

PRIMEIRO DIA

*W*alter e Dorothy Windsor demoraram-se tomando o chá da tarde, tranquilos, sem saber que aquela que temiam havia cruzado os portões. Enquanto Walter folheava o *New York Times* e Dorothy cantarolava baixinho, acompanhando a sinfonia que saía do rádio a seu lado, a jovem vestida de preto subiu a passos largos a escadaria de pedra branca e girou a maçaneta da porta da frente, sem ser vista pelos empregados da Mansão Windsor. Enquanto seus passos ecoavam pelo Saguão Principal, Walter estendeu a mão, com carinho, e tocou o rosto da esposa. Fazia tanto tempo desde a última vez que se lembrava de terem experimentado a felicidade, e agora, com a neta enfim na vida deles, parecia que talvez estivessem tendo uma segunda chance.

De repente, as portas da biblioteca se escancararam, e toda a luminosidade abandonou o aposento. Dorothy soltou um grito estrangulado, agarrando a mão de Walter. O chá quente queimou as pernas de

Walter quando ele derrubou sua xícara, chocado. Por um instante, o único som foi o crescendo frenético do piano e das cordas da sinfonia que tocava no rádio, até que Walter recobrou a voz.

— *Rebecca* — exclamou.

A porta bateu, fechando-se, e Rebecca Windsor avançou na direção deles, a boca curvada num sorriso enigmático, despido de qualquer traço de alegria. Refugiada nos braços do marido, Dorothy não conseguia tirar os olhos de Rebecca, incapaz de compreender como uma mulher havia tanto tempo morta podia ter, de forma tão realista, a aparência de quando tinha 17 anos. Era a exata aparência de seu perturbador retrato de 1888 no álbum de fotos dos Windsor, a mesma face pálida e angulosa, os frios olhos escuros e os cabelos negros presos num penteado no alto da cabeça, de modo a acentuar suas feições duras e pouco amistosas. As pregas do volumoso vestido vitoriano envolviam-na como as placas de uma armadura. Parecia assustadoramente viva, mas tinha uma qualidade translúcida, que a tornava quase sobrenatural.

— Por que você está aqui? — perguntou Dorothy num rompante, a voz carregada de lágrimas. — Fizemos tudo o que pediu. Você disse que iria mantê-la a salvo, mas mentiu. Nossa filha está morta, e por sua culpa!

Todo o seu corpo tremia de agonia enquanto recordava a última vez que vira Rebecca, e os horrores que haviam se sucedido.

— Vocês falharam — disse Rebecca com frieza. — *Vocês* falharam em manter Marion afastada de Irving, e é por essa razão que ela está morta, e nós agora temos Michele em nossas mãos. Deviam ter impedido a garota de nascer, e não trazê-la para morar em minha casa. — A voz dela aumentou de volume devido à fúria.

— Faz mais de cem anos que esta não é sua casa, Rebecca — rebateu Walter. — Ela agora é nossa, e somos toda a família que restou a Michele. Ela vai morar conosco por quanto tempo quiser.

— Toda a família que restou a ela? Deve estar esquecendo o pai dela — sibilou Rebecca. — Agora que se deram ao trabalho de trazê-la para Nova York, é só uma questão de tempo até que Michele o encontre. A garota herdou o *talento* de Irving.

Ela praticamente cuspiu a palavra "talento".

Walter e Dorothy se entreolharam, horrorizados.

— Sim, é verdade. Ela voltou para o passado e criou uma grande confusão. Do mesmo modo que o pai dela tentou destruir minha vida e tirou de vocês sua filha, Michele também está deixando um rastro de destruição por onde passa. *Não* lhes contei o que acontece com crianças nascidas de uma relação transtemporal? — A voz de Rebecca baixou para um falso tom aveludado. — A única forma é alterar o passado. Michele tem que deixar de existir. É hora de trabalharmos juntos de novo.

Dorothy cobriu a boca com a mão, como se fosse passar mal.

— Não vamos causar mal a nossa neta — disparou Walter.

— Não é necessário causar nenhum mal. Se seguirem minhas instruções, Michele vai simplesmente desaparecer, como se nunca tivesse nascido. E mais: vocês terão sua filha de volta. — A voz de Rebecca tornou-se quase musical ao lhes estender aquela isca. — Afinal de contas, sem Irving nem Michele, Marion ainda estaria viva hoje, não é?

— Pare com isso! — soluçou Dorothy. — Pare de nos torturar. Confiamos em você uma vez, e foi um erro terrível. *Por que* está fazendo isso?

— Aquele homem tirou tudo de mim! — gritou Rebecca, seu rosto se contorcendo numa máscara monstruosa de fúria. — Não vou parar até que não reste mais nada dele.

De repente, um forte estalo ressoou no aposento. Rebecca ergueu as mãos, alarmada, levando-as ao rosto, mas era tarde demais. As camadas juvenis de sua pele começaram a se soltar, desaparecendo uma a uma enquanto caíam ao chão, deixando à vista uma face esquelética sulcada por rugas. Seu corpo encarquilhou-se e encolheu, a silhueta alta de adolescente transformando-se no vulto de uma grotesca mulher velha em seu último alento. Dorothy afundou o rosto no ombro de

Walter, horrorizada com aquela visão, mas ao mesmo tempo sentindo uma centelha de alívio com a recordação de que, muitos anos antes, Rebecca fora forçada a retornar ao lugar de onde viera, quando sua fachada jovem tinha se desmanchado. Só que, desta vez, a face de Rebecca não traía nenhum sinal de derrota.

— Sete dias — disse, a boca se abrindo num sorriso aterrorizante. — É quanto devo suportar separada do meu corpo físico. É quanto sou obrigada a viver como um fantasma. Talvez seja doloroso, mas é um período ínfimo. — Ela se inclinou para a frente, um brilho malicioso no olhar. — Tudo o que tenho a fazer é permanecer em seu tempo por sete dias e então conseguirei minha forma humana plena e a Visibilidade aqui neste século. Sabem o que isso significa? — Sua voz, agora a de uma idosa, encheu-se de ódio. — Significa que todo mundo, não apenas vocês dois, seus tolos, será capaz de me ver, e, quando as pessoas olharem para mim, verão uma garota perfeita de 17 anos. Isso quer dizer que terei a força humana de novo, combinada com meu poder de Guardiã do Tempo. Daqui a sete dias, *eu mesma poderei matar Michele*. Não é simples? — Os olhos dela se estreitaram. — A escolha é de vocês. Querem que sua neta seja morta ou querem que ela simplesmente desapareça, como se nunca tivesse existido? Vocês sabem o que precisa ser feito, e devem decidir depressa. Como eu disse... sete dias não são nada. Vejo vocês logo mais.

A imagem de Rebecca ondulou acima deles, antes de desaparecer numa lufada de vento rodopiante. Walter e Dorothy abraçaram-se, o rosto de ambos amargurado.

— O que faremos? — sussurrou Dorothy.

Walter não respondeu.

Michele Windsor sonhou com um antigo piano de cauda, numa sala de música com ornamentação dourada. A princípio havia apenas o piano, mas instantes

depois Philip apareceu, sentado ao instrumento, os dedos pousados nas teclas. Ele começou a tocar um ragtime com uma qualidade de blues, seu anel de sinete refletindo a luz enquanto tocava com uma paixão que causaria arrepios até mesmo nas pessoas mais insensíveis. Parecia estar fazendo uma pergunta ao tocar, esperando encontrar a resposta na melodia.

Michele saiu do canto escuro onde estava, e Philip a viu. O rosto dele se iluminou e ele deu seu sorriso lento, familiar, mudando a melodia para a música que sempre tocava para ela, a Serenata de Schubert. *Michele sentou-se a seu lado, e, depois de terminar a música, ele levou a mão dela até seus lábios.*

— Não disse que a encontraria de novo? — *ele sussurrou.*

Michele sorriu e ergueu o rosto para ele, na expectativa de um beijo. Naquele momento, ele era tudo o que existia.

Philip.

Michele despertou do sonho, o corpo ainda quente com o toque dele. A sensação do piso frio penetrava em sua pele, e ela percebeu, confusa, que de algum modo tinha ido parar no chão.

— Ela acordou! — uma voz familiar gritou, aliviada.

Levou alguns instantes, mas Michele reconheceu a voz como sendo a de sua amiga mais chegada em Nova York, Caissie Hart. Sentiu mãos fortes segurando-a pelos ombros e, ao erguer o olhar, viu Ben Archer, um dos melhores atletas da classe, levantando-a para que ficasse sentada.

— Michele, você consegue ouvir a gente? — perguntou Ben, ansioso.

— O que... aconteceu? — Michele conseguiu gemer, a garganta parecendo uma lixa.

— Você desmaiou — soou a voz profunda do senhor Lewis, o professor de história de Michele. Ele estava de pé, acima dela, a face vincada de preocupação. Apesar da visão borrada, Michele distinguia o resto da classe amontoando-se atrás dele, todos olhando-a com curiosidade. Sentiu o rosto ficar vermelho de vergonha. Já era bem ruim ser a garota nova de sobrenome famoso; agora, podia acrescentar "a garota que desmaia de repente no meio da sala" a sua lista de atributos. Teve o pressentimento de que os olhares e sussurros a seguiriam ainda mais que o normal.

— Aconteceu logo depois que o cara novo chegou — Caissie sussurrou no ouvido de Michele, lançando-lhe um olhar estranho.

Com um sobressalto, Michele recordou o rapaz que havia entrado na classe minutos antes. Ele era exatamente igual a Philip Walker, tinha o mesmo nome e até usava o anel dele. *Não pode ser ele*, pensou Michele, desolada. *Devo ter imaginado que o cara novo é Philip*. Ainda assim, sentiu o coração bater mais depressa ao olhar para cima, torcendo em segredo para que Philip Walker estivesse ali, no meio dos colegas de classe.

De imediato, viu uma figura solitária, afastada a um canto. Michele arquejou, cobrindo o rosto com as mãos, em choque. Espiou por entre os dedos, e ele ainda estava lá: *Philip*. O tempo parou por um instante, enquanto sua mente incrédula sorvia cada detalhe, desde os belos e penetrantes olhos azuis até os fartos cabelos escuros, pelos quais ela já tinha passado os dedos, além do corpo alto e forte que a abraçara e os lábios que lançavam um calafrio pela sua espinha cada vez que a tocavam. Não tinha imaginado nada... *era* ele! Mas como seria possível que estivesse ali, no tempo de Michele?

Sem forças devido ao desmaio, tentou ficar de pé, para descobrir que mal conseguia se erguer do chão. Seu corpo parecia congelado, embora pudesse sentir uma corrente cálida de eletricidade correndo através de si.

— Philip — ela murmurou, estendendo a mão.

Alguns alunos riram dela, e Ben lhe lançou um olhar desconcertado; Michele mal notou. Tinha os olhos grudados no Philip Walker ressuscitado, que, inexplicavelmente, ignorava sua mão estendida, sem se aproximar. Mas ele a fitava, os olhos examinando-a.

— Vou levar Michele para a enfermaria — anunciou Caissie, puxando-a e colocando-a de pé. — Acho que a queda a afetou.

— Eu ajudo — ofereceu Ben.

— Não — respondeu Caissie, um pouco depressa demais. — A gente se vira sozinha.

Michele mal percebeu o diálogo, incapaz de desgrudar os olhos de Philip. Era doloroso estar tão perto e não poder tocá-lo. Ele só ficava ali parado, sem fazer nenhum esforço para chegar perto dela, e Michele sentiu a primeira pontada de dúvida. E se estivesse imaginando coisas? Podia ser uma simples coincidência o fato de ele ser exatamente igual a Philip e de os dois terem o mesmo nome? Mas então lembrou-se do anel de sinete no dedo dele — e teve certeza de que Philip Walker havia encontrado um jeito de voltar para ela, como havia prometido um dia.

Michele tentou protestar enquanto Caissie a conduzia para fora da sala de aula, mas o senhor Lewis insistiu:

— Você não vai voltar para a aula até que a enfermeira confirme que está tudo bem. Vou esperar a liberação dela por escrito.

Como Michele poderia se forçar a afastar-se de Philip, poucos minutos depois de ele ter aparecido de forma tão inconcebível no tempo dela? Ela acompanhou Caissie com relutância, e assim que estavam no corredor, longe dos olhares curiosos, Caissie a puxou para o banheiro mais próximo com uma expressão de nervosismo estampada no rosto.

— *O que* foi que rolou? Achei que estivesse tendo um ataque, ou sei lá! O cara novo entrou e dois minutos depois você revirou os olhos e aí... desmaiou. — Ela baixou a voz. — Foi por causa do *nome* dele?

Antes de responder, Michele abriu rapidamente a porta de cada cubículo do banheiro para se assegurar de que estava a sós com Caissie. Quando se virou de novo para a amiga, esta a olhava como se tentasse decidir se Michele havia pirado de vez ou não.

— Não é só o nome, é *ele*. Philip voltou — ela falou, sem fôlego.

Caissie suspirou.

— Tinha medo de que você estivesse achando isso. Pode acreditar, sei que é uma coincidência maluca ele ter o mesmo nome que o seu Philip, mas é só isso. Uma coincidência.

Michele balançou a cabeça em uma negativa.

— Tem que ser ele, Caissie. Ele é *igualzinho* ao Philip, e não é só isso: ele está usando o mesmo anel que Philip Walker me deu na década de 1920, aquele que você me viu usando no mês passado. O anel que eu perdi sem saber como.

— Mas, Michele, você é a única que consegue viajar no tempo. Philip nunca conseguiu — Caissie lembrou num tom de voz suave. — E, se esse cara novo for mesmo seu Philip, por que então ele só ficou lá parado? Ele não parecia conhecer você.

Michele engoliu em seco. A volta de Philip era um milagre. Não podia suportar a ideia de que pudesse não ser verdade.

— Vai ver que ele não quer que os outros saibam que a gente já se conhece. Preciso falar com ele. Venha! — Numa descarga de adrenalina, Michele pegou Caissie pela mão e a puxou para fora do banheiro.

— Espere — Caissie a deteve. — Você não ouviu o senhor Lewis? Preciso mesmo levar você até a enfermeira.

Michele hesitou, e Caissie envolveu seus ombros com um braço.

— Tudo bem. Ele ainda vai estar lá quando você voltar — disse Caissie com um leve sorriso.

Foi só quando chegaram à enfermaria que Michele lembrou-se do que tinha visto pouco antes de desmaiar: um vulto envolto numa capa escura, passando diante da janela da sala, segundos antes do aparecimento deste novo Philip. Embora não compreendesse o porquê, a visão a deixara paralisada de terror.

Depois de diagnosticar que Michele sofria de "exaustão", a enfermeira insistiu para que ela repousasse pelo resto do horário daquela aula.

Qualquer outro aluno ficaria feliz com o convite para faltar à aula de história dos Estados Unidos, mas Michele não conseguia parar quieta sabendo que ela e Philip, de algum modo, estavam no mesmo prédio, no século XXI. Sob o olhar vigilante da enfermeira, porém, não tinha escolha senão ficar deitada na maca, na aridez estéril da enfermaria da Berkshire High School, esperando o tempo passar. Fechou os olhos, e as imagens e sensações dos últimos dois meses inundaram sua mente de maneira tão vívida, que era como se estivesse revivendo aqueles dias. Sentiu a pontada familiar de saudades da mãe. Tinha tanta coisa que gostaria de lhe contar. Se ao menos pudesse contornar as regras e salvá-la...

Ainda era impossível para Michele compreender como uma vida podia mudar para sempre, irrevogavelmente, em vinte segundos. Tinha sido o tempo necessário para que outro carro acabasse com a existência de sua mãe, e naqueles vinte segundos a antiga identidade de Michele como uma garota desencanada da Califórnia também morrera. Marion Windsor havia sido mais que apenas uma mãe — tinha sido sua melhor amiga. Michele havia desejado que a morte também viesse ajudá-la e a levasse de volta para a mãe, mas no fim fora seu destino viajar para ainda mais longe.

O testamento de Marion tinha sido outro golpe arrasador. Em vez de Michele ir morar com alguma amiga e terminar o ensino médio em sua cidade natal, Marion havia deixado instruções claras nomeando os pais, que viviam em Nova York e dos quais havia se afastado, como tutores de Michele. Menos de um mês após a perda da mãe, Michele fora forçada a atravessar o país e se mudar para a cidade de Nova York, matricular-se numa escola presunçosa frequentada pelos filhos da elite de Manhattan, além de assumir seu lugar como membro mais jovem da linhagem familiar dos Windsor — um papel que nunca achara que teria de assumir.

Marion escondera-se do nome Windsor — tão lendário em Nova York quanto os nomes Astor, Vanderbilt e Carnegie — desde que Michele havia nascido. Michele sempre ajudara a manter em segredo a identidade delas, até a tarde de outono em que tinha se mudado para a gigantesca Mansão Windsor, na Quinta Avenida, para viver com os avós maternos, sempre distantes, e com todos os empregados da casa. Durante todo esse tempo, ela se perguntava *o que* é que tinha dado na cabeça da mãe para que a mandasse morar com as pessoas das quais ela mesma havia escapado.

Tudo o que Michele sabia era que no centro daquele tremendo abismo estava seu pai. Walter e Dorothy Windsor haviam ficado furiosos quando sua filha e única herdeira se apaixonara por um jovem desconhecido do Bronx, e proibiram que ela se casasse com o socialmente inferior Henry Irving. Incapaz de encarar toda uma vida sem ele, Marion tinha fugido com Henry para Los Angeles, às vésperas de sua formatura no ensino médio. Os Windsor revidaram, oferecendo a Henry um milhão de dólares para que a deixasse, e, embora os pais de Marion afirmassem que ele havia recusado a oferta, Marion nunca acreditou nisso — pois ele desapareceu, abandonando Marion pouco antes de ela descobrir que estava grávida. Por dezesseis anos, Michele achara que aquela era a história completa de um pai inútil e ausente — até que Nova York havia lhe mostrado a verdade. Ali, ela descobrira a poderosa chave antiga que pertencera a seu pai, desvendando sua real identidade como Irving Henry... do século XIX.

Quando Michele segurou a chave pela primeira vez, esta *reagira*, transformando-se de objeto inanimado num talismã pulsante em movimento, como se reconhecesse seu toque. Para sua incredulidade, a chave tinha mandado Michele *de volta* através do tempo, para cem anos atrás — e foi lá que ela conheceu o desconhecido que a perseguia em sonhos desde que podia se lembrar. Philip Walker. O homem que ela sempre acreditara ser um produto de sua imaginação revelara-se um rapaz nascido em 1892, mais de um século antes do nascimento da própria Michele.

Desde o momento em que ela o conhecera, no baile do Dia das Bruxas dos Windsor, em 1910, Philip havia se apossado de cada pensamento e emoção dela, com uma intensidade estonteante. Os dois, ambos perdidos no próprio tempo, encontraram o lugar indefinível ao qual pertenciam, onde quer que estivessem juntos. Mas os cem anos que os separavam revelaram-se um obstáculo grande demais. A dolorosa despedida deles ainda estava fresca na mente de Michele e, agora que estava longe de Philip, sozinha na enfermaria da escola, de repente parecia impossível que ele tivesse conseguido encontrar um modo de vir para o futuro.

Depois que Michele havia se mudado para Nova York, tinha buscado vestígios da mãe em todo lugar para onde olhasse. Agora, desde a viagem ao passado, via-se vasculhando o mundo moderno em busca dos três: seu pai, sua mãe... e Philip. Poderiam seus sonhos desesperados terem realmente materializado um deles em seu próprio tempo?

Quando o sinal tocou, Michele saltou da maca e, depois de garantir às pressas para a enfermeira que estava tudo bem, saiu correndo para a sala do senhor Lewis, em busca de Philip. Precisava tocá-lo, saber com certeza que ele não era um sósia, e sim o Philip Walker que ela amava, vivo e respirando.

Michele deteve-se quando por fim o encontrou, virando no corredor depois de sair da sala de aula, de costas para ela. Respirou fundo, observando-o se deter para consultar o horário das aulas. Ele passou a mão pelos cabelos, um gesto de nervosismo do qual ela se lembrava bem.

— Philip.

A palavra saiu como uma prece sussurrada. Embora ela estivesse a alguns passos de distância, mesmo assim ele a ouviu. Michele prendeu a respiração enquanto ele se virava lentamente, seus olhos azuis arregalando-se ao vê-la. Mas ele ficou em silêncio, um rubor espalhando-se por seu rosto. A mente dela trabalhava a mil, repleta de confusão. Tinha algo errado. Aquele não era, de forma alguma, o reencontro que havia imaginado. Por que ele não a tomava nos braços, apertando-a contra si enquanto contava, atordoado, como tinha conseguido chegar ao futuro para ficar com ela? E por que ela se sentia tão tímida e nervosa perto dele?

— Você está *aqui* — Michele sussurrou. A voz dela soava diferente, como se pertencesse a outra pessoa. — Como é possível?

Philip deu um meio sorriso, constrangido.

— Desculpe — disse em sua voz grave e cálida, tão familiar. — Nós já... nos conhecemos?

Michele fitou-o, sem compreender. Aquilo era uma brincadeira?

Mas, enquanto esperava pela parte engraçada, olhando esperançosa nos olhos dele, viu que faltava algo ali: reconhecimento.

— Ah, meu Deus. — Ela foi dominada por uma onda de choque, e recuou até encostar na parede. — Você não se lembra de mim?

Philip balançou a cabeça numa lenta negativa.

— Você deve estar me confundindo com outra pessoa. — Ele a olhou com atenção. — Como é seu nome?

Michele sentiu todo o ar fugir do seu corpo. Um segundo antes que perdesse o equilíbrio, Philip rapidamente estendeu a mão para ajudá-la a se manter de pé. Quando sua mão se fechou em torno do braço de Michele, ela sentiu uma centelha de energia, e o viu inspirar de repente.

— Você também sentiu — ela murmurou, levantando os olhos para ele. — Você *é* o mesmo Philip, eu sei.

Philip a soltou, sem jeito.

— Não sei do que está falando. Eu... eu sinto muito — ele balbuciou. Depois se voltou para lhe lançar um último olhar inquisitivo antes de se afastar na direção oposta, deixando Michele sozinha, sem saber o que dizer.

Eu era uma garotinha que morava na Virgínia quando tive pela primeira vez o que chamei de Visões. Pareciam seres humanos, mas eu sabia que não havia nada de normal neles. Seus rostos e roupas, a forma como arrumavam o cabelo, tudo isso ia desde o muito antiquado até o completamente inovador. Eu soube, assim que coloquei os olhos neles, que não eram do meu mundo de início do século XIX, e que, também, ninguém mais conseguia vê-los além de mim. Aprendi a não falar nada sobre as Visões depois de ouvir minha família declarar-me "louca" quando tentei apontar para um deles. A única pessoa que acreditava em mim era minha avó.

Então ocorria o inimaginável. Depois de sete dias, as Visões se materializavam. Tornavam-se pessoas reais, homens e mulheres que todo mundo conseguia ver, e adotavam os modos e costumes de nosso tempo. Mas uma série de eventos chocantes parecia sempre seguir-se à entrada deles em nosso mundo. Casas ardiam em incêndios sem causa, vizinhos desapareciam, casamentos eram rompidos, e havia uma sensação geral de que a vida saía de seu curso. Não foi antes de chegar a pouco mais de 20 anos que descobri a verdade sobre o que as Visões eram. Isso foi quando minha avó morreu, deixando para mim a chave preciosa que sempre usara pendurada ao pescoço, junto com uma carta explicando o segredo. Ela era uma viajante do tempo. E agora, de posse de sua chave, eu também seria.

Minha avó me contou que éramos exatamente como as Visões: que o viajante do tempo que deixa o seu presente vive como um fantasma, visto apenas pelos Guardiões do Tempo e por alguns poucos humanos com o Dom da Visão, até que tenham passado sete dias no outro tempo para onde foram. O problema é que os Guardiões do Tempo não deviam ficar num tempo diferente por um período longo o suficiente para causar nele algum impacto. Até a menor das ações de um viajante resultava em sérias consequências. Um Guardião do Tempo bem-intencionado que tentasse reverter a morte ou a má fortuna de um ente querido obtinha um resultado ainda mais terrível. Estava claro para minha avó, e eu estava igualmente convencida disso, que o papel de um viajante do tempo era apenas observar, aprender e proteger a Linha Temporal Natural. Eu sabia que nosso poder tinha que ser controlado e direcionado. Foi assim que nasceu a Sociedade Temporal.

No ano de sua fundação, em 1830, já havia reunido vinte membros pelos Estados Unidos. Décadas mais tarde, enquanto escrevo este manual, no ano de 1880, nossa sociedade cresceu e reúne duzentos membros. Há outras coalizões como a nossa, mais antigas, na Europa e no Oriente Médio; de forma geral, todos somos aliados.

O propósito da Sociedade Temporal sempre foi o de localizar outras pessoas que possuem a chave e o Gene da Viagem no Tempo, de modo a poder usar coletivamente nosso dom e nos tornar mais fortes como entidade, preservando assim a história dos Estados Unidos enquanto também protegemos seu futuro.

— Millicent August,
PRESIDENTE E FUNDADORA DA
SOCIEDADE TEMPORAL

2

Michele ficou parada à porta do refeitório da Berkshire High School, um café espaçoso, com mesas redondas brancas e cadeiras de vime combinando. Pelo meio do salão serpenteava um longo balcão de bufê, ao longo do qual os alunos faziam fila para escolher seus pratos. Os olhos de Michele examinaram a fila, mas Philip Walker não estava ali.

O resto da manhã passou como um borrão, e Michele mal teve consciência das aulas. Não havia visto Philip desde que ele a deixara do lado de fora da sala de história dos Estados Unidos, mas sentia a presença dele envolvendo-a por completo. Enquanto o professor de inglês analisava as mensagens ocultas de *A Tempestade*, de Shakespeare, Michele estava presente apenas em corpo, a mente repassando por sua vez, sonhadora, o breve encontro com Philip. E, enquanto a professora de matemática escrevia equações de cálculo no quadro, Michele estava ocupada refletindo sobre um problema muito mais complicado: se este Philip do século XXI era a mesma pessoa com quem ela estivera no passado, como poderia ele não conhecê-la? Mas, se fosse o mesmo

Philip, como seria possível que tivesse o mesmo rosto, o mesmo corpo e voz, e o mesmo *anel*?

Enquanto esperava na fila, seus olhos enfim o encontraram, sentado a uma mesa junto com a bela Kaya Morgan e seu trio de garotas bonitas e alegres. Ela não conseguia desviar o olhar enquanto Kaya e as amigas tagarelavam e riam diante de Philip, todas elas sem dúvida doidas para dar em cima do mais novo gato de Manhattan.

No curto tempo em que frequentava a escola, Michele soubera que Kaya, do último ano, era considerada a garota mais cobiçada da escola. Com certeza dava para entender o porquê. Kaya era mestiça: japonesa e norte-americana, tendo uma beleza exótica que ofuscava a aparência mais convencional das outras garotas de Berkshire. Tinha um corpo que a faria passar por uma modelo da Victoria's Secret e era a capitã da equipe feminina de atletismo. Como a mãe era uma aclamada artista moderna no Japão e seu pai, descendente do lendário J. Pierpont Morgan, Kaya era igualmente aceita tanto pela sociedade aristocrática quanto pelos círculos artísticos. Michele havia conversado com Kaya poucas vezes, mas tinha gostado dela logo de cara. Era cordial e inteligente, e não era do tipo que se valia da aparência ou do sobrenome. Assim, Michele ficou olhando, com o coração apertado, enquanto Philip fitava Kaya, cativado. Se aquela era a concorrência que enfrentaria... bom, não queria nem pensar nisso.

Ainda assim, Michele lembrou a si mesma, *o milagre é que ele está aqui. Mesmo que por algum motivo ainda não se lembre de mim... sei que ele voltou por minha causa.*

Os olhos de Philip encontraram os dela pelo refeitório, e ela sentiu o estômago se contrair. Mas, com a mesma rapidez, o olhar dele se desviou, como se ela não fosse ninguém. Michele voltou devagar para a mesa, o peito apertado.

— Oi, como está se sentindo? — saudou Caissie quando ela chegou à mesa que dividiam.

Michele pousou sua bandeja, forçando-se a sorrir para Caissie, e o terceiro elemento do trio: o melhor amigo/paixão secreta de Caissie, Aaron.

— Estou bem. Qual é o papo que está rolando?

— Nada, só estamos falando do cara novo — respondeu Caissie, lançando a Michele um olhar significativo. — Como Aaron é um *nerd-gênio* total e está cursando cálculo avançado com o pessoal do último ano, ele conseguiu bater um papo com Philip. — Ela olhou de soslaio para Aaron, que revirava os olhos. — Conte para Michele o que você descobriu.

— Tá legal. Mas, se estão interessadas nele, já vou avisando que ele está meio enrolado, parece.

Michele seguiu o olhar de Aaron e viu Kaya murmurando algo no ouvido de Philip. Ela voltou depressa a atenção para Aaron e Caissie, antes que a imagem se implantasse em sua memória.

— O que descobriu sobre ele? — perguntou, meio atordoada.

— Não muito, só que está no último ano e que acabou de se mudar para o mesmo prédio de apartamentos que Kaya Morgan. Sabe, o Osborne, o edifício superchique do outro lado da rua do Carnegie Hall? Os pais dele se divorciaram, e por isso ele se mudou com a mãe de Hyde Park para cá.

Michele respirou fundo, digerindo os fatos. *Ele está no último ano.* Isso explicava por que não o tinha visto em nenhuma das aulas desde história dos Estados Unidos, uma das poucas matérias oferecidas em Berkshire para alunos de anos diferentes.

Os pais dele acabaram de se divorciar. Sentiu uma pontada de empatia ao pensar em Philip tendo que deixar o pai e sua cidade natal para recomeçar a vida em uma nova cidade — assim como ela fizera quando sua mãe havia morrido.

Ele mora no prédio de Kaya, o Osborne. Era por isso que os dois pareciam tão amigos, embora fosse o primeiro dia de aula dele em Berkshire. Michele sentiu um nó de inveja no estômago ao pensar neles voltando todo dia para o mesmo prédio de apartamentos. E aquele nome, Osborne... soava tão familiar.

— Por que o nome Osborne não me parece estranho? — Michele pensou em voz alta.

— É um dos edifícios de apartamentos mais famosos da cidade — explicou Caissie, adotando seu tom acadêmico. Enquanto falava, Michele refletiu que, se havia alguém que fosse *nerd*-gênio, esse alguém era Caissie, e não Aaron. — Ele foi inaugurado em 1885 como acomodação de luxo para as famílias ricas de Nova York, que desejavam a experiência de "morar num hotel", em vez de terem que manter grandes mansões como aquela onde você mora. Mas mais tarde, no século XX, ele ficou mais conhecido como a residência de artistas e músicos.

Michele sentou-se mais ereta.

— Sério? Tipo quem?

— Bom, na verdade, Leonard Bernstein escreveu *Amor, Sublime Amor* lá — prosseguiu Caissie. — Diz a lenda que a sala de música dele dava vista para a saída de incêndio do Osborne, e foi assim que ele teve a ideia de ambientar ali a clássica cena da sacada.

— Tá legal, enquanto vocês duas ficam aí com a aula de história, vou pegar mais batata frita — anunciou Aaron.

Assim que ele saiu da mesa, Caissie disse baixinho:

— Agora você se convenceu? O cara novo não é o seu Philip de 1910, é só um sujeito normal que veio do interior do estado de Nova York.

Isso sem falar que ele *me disse que não é a mesma pessoa*, acrescentou Michele mentalmente. Mas, ainda assim, não conseguia — não *podia* — acreditar naquilo.

Depois da aula, Michele acomodou-se no banco de trás do SUV preto dos Windsor, no qual o motorista da família, Fritz, esperava para levá-

-la para casa. Ela ainda não tinha se acostumado com aquele ritual de ser atendida por um monte de empregados. Depois de crescer num lar onde o dinheiro era sempre escasso, ficava dividida entre o prazer e o constrangimento de experimentar os refinamentos da vida. Tinha a impressão de que não merecia nada daquilo; que aquele estilo de vida exagerado era excessivo para qualquer um, e relembrava constantemente que a mãe havia renegado aquela vida luxuosa. Mas Michele havia se afeiçoado de maneira especial a Fritz e à governanta Annaleigh. Era evidente que ambos se preocupavam com ela e queriam que Michele fosse feliz naquela nova vida.

Fritz conduziu o carro na direção sul, saindo do Upper East Side, onde ficava a escola, e passando pelos museus famosos de Manhattan, célebres edifícios de apartamentos e hotéis opulentos, até chegarem à Mansão Windsor, na Quinta Avenida, que se erguia orgulhosa, toda em mármore branco, tendo do outro lado da rua o espetáculo luxuriante do Central Park. Os olhos de Michele ainda se arregalavam cada vez que o carro cruzava os portões de ferro trabalhado, dando-lhe a visão total da propriedade em toda a sua glória, das colunas coríntias à arquitetura inspirada nos *palazzi* italianos. A Mansão Windsor fora considerada uma das maiores proezas arquitetônicas dos Estados Unidos quando de sua construção, em 1887. Mais de 120 anos depois, Michele a achava não menos assombrosa.

Saindo do carro logo atrás de Fritz, ela viu algo na janela da entrada principal que a fez estacar. Um vulto vestido de preto, circundado por um véu que parecia névoa, observava-a com atenção. As palmas de suas mãos ficaram pegajosas, o pânico brotando-lhe no peito quando se deu conta de que era o mesmo vulto que havia visto logo depois de Philip aparecer na sala de aula... pouco antes que ela desmaiasse.

— O que... quem... é aquela pessoa? — ela balbuciou, olhando nervosa para Fritz.

O motorista a fitou, confuso.

— Do que está falando, senhorita?

Michele apontou para a frente.

— Ali... aquela pessoa, ou *coisa*, na janela. Não está vendo?

Fritz deslizou o olhar pela janela e virou-se de novo para Michele, preocupado.

— Não estou vendo nada.

Ela olhou para o motorista. Como poderia ele *não* ter visto o estranho ser? E, de repente, um pensamento incrível lhe ocorreu, fazendo-a recordar das vezes em que ela própria não havia sido vista: *Talvez seja um viajante do tempo.*

Michele deu uma risada nervosa.

— Uau, isso é doido. Eu... deve ter sido uma sombra, ou algo assim.

Fritz franziu as sobrancelhas, olhando-a com atenção.

— Tem certeza de que está tudo bem?

Ela se esforçou para dar um tom mais descontraído à voz.

— Está tudo bem, sério. Acho que só preciso de lentes de contato novas.

Enquanto ela seguia Fritz e entrava na casa, inquieta, o véu de névoa ergueu-se e a criatura à janela ficou nítida. Era uma pessoa *de verdade*, uma jovem mais ou menos da idade de Michele. Estava de costas para eles enquanto olhava pela janela, de modo que tudo o que Michele podia distinguir era uma massa de cabelos negros encaracolados sobrepostos a uma figura alta que usava um vestido de veludo negro do século XIX.

Então existem outros viajantes do tempo além de mim... e de meu pai. A constatação atingiu Michele com toda a força, e seu coração acelerou quando ela pensou em Philip. Se aquela desconhecida que estava na Mansão Windsor era uma viajante do tempo... Philip também podia ser um, não podia? Mas isso não explicava por que ele não parecia reconhecê-la. Michele sempre havia se lembrado de tudo, em todas as suas viagens pelo tempo.

— Perdão — murmurou ela, quando Fritz já não poderia mais ouvi-la. — Quem é...

Mas, antes que sequer tivesse a chance de terminar a sentença, a imagem da garota tremeluziu e desapareceu no ar. Michele sentiu uma onda fria de medo percorrê-la. De algum modo, sabia que a jovem não quisera que Michele visse quem ela era.

O que foi isso? *Afinal de contas, o que está acontecendo?*, pensou Michele, alarmada. Estariam seus instintos corretos, e a jovem seria uma viajante do tempo, ou teria o aparecimento de Philip Walker na escola a deixado totalmente maluca, com direito até mesmo a alucinações?

— Michele, oi!

Os pensamentos assustadores foram interrompidos pela entrada da governanta de meia-idade, Annaleigh, na sala.

— Oi, Annaleigh.

Os olhos azul-claros de Annaleigh a examinaram com atenção.

— Está tudo bem com você? Parece que viu um fantasma...

Talvez tenha visto.

— Ah, está tudo bem, sim. — Ao dizer isso, Michele percebeu que havia passado o dia inteiro garantindo a diversas pessoas que estava bem. O que estaria *acontecendo* com ela? Respirou fundo, nervosa como nunca, mas determinada a pelo menos fingir que tudo corria normalmente, até que parecesse verdade.

— Como estão as coisas por aqui?

— Tudo certo, suponho. Notei que sua avó estava com certa dificuldade para respirar hoje à tarde. Ela e seu avô não deram muita importância, mas sugeri que ele a levasse ao médico. Os dois saíram faz alguns minutos.

Michele engoliu em seco.

— Acha que ela vai ficar bem?

— Claro que sim — respondeu Annaleigh, tranquilizadora. — Só sugeri a consulta médica por precaução.

Michele assentiu, esperançosa. Apesar de todos os problemas que tivera com os avós depois de se mudar para a Mansão Windsor, havia passado a amá-los. Eram toda a família que tinha no mundo e, embora soubesse que estavam ficando velhos, não podia imaginar perdê-los.

— Eles me deram instruções para que eu mantivesse você em casa até a volta deles — disse Annaleigh com um sorriso seco. — Foram bem insistentes. Espero que não tenha planos de ir a algum lugar.

— Não, não tenho — respondeu Michele. — Eles escolheram um bom dia para me deixar de molho em casa.

Sentiu uma ponta de preocupação ao pensar que o pedido deles poderia ter algo a ver com a saúde da avó, mas afastou o pensamento, recordando os vários momentos de superproteção pelos quais havia passado com Walter e Dorothy desde que viera morar com eles.

Michele subiu as escadas sinuosas de mármore, cobertas por um tapete vermelho, para ir ao seu quarto. Quando chegou ao terceiro andar, debruçou-se brevemente na balaustrada e olhou para baixo, em direção ao vestíbulo de onde acabava de vir, chamado de Saguão Principal. Projetado como uma praça aberta em pleno interior da mansão, o Saguão Principal era seu ponto focal. Colunas de mármore erguiam-se até o teto pintado a mão e com ornamentações douradas, e divãs e poltronas suntuosas rodeavam uma grande lareira esculpida. Retratos pintados por grandes artistas adornavam as paredes, enquanto uma estátua de bronze e uma fonte cintilante erguiam-se sob a grande escadaria. Todos que visitavam a mansão ficavam de queixo caído ao entrar no Saguão, e, mesmo depois de morar ali por dois meses, Michele ainda sentia o mesmo assombro. No entanto, ela considerava seu quarto o lugar mais especial da mansão, por ter pertencido a sua mãe e a todo um século de garotas Windsor antes dela.

No início, ficara chocada com a suíte, sendo incapaz de imaginar sua mãe, tão modesta, morando naquele quarto lilás e branco digno de uma princesa, com seus delicados móveis franceses do século XVIII, um quarto de vestir completo, o banheiro de mármore e uma sala de estar tão grande, que poderia dar uma festa ali. Mas, quando descobriu a chave do pai e viajou no tempo, conheceu três formidáveis garotas

Windsor do passado, que mostraram a Michele que o sobrenome delas significava algo muito mais importante do que dinheiro ou privilégios. Havia uma paixão e uma força nas garotas Windsor, que passavam de uma geração a outra; um desejo de romper as amarras que as atavam. Michele havia testemunhado como elas tinham lutado pelos próprios sonhos e usado beneficamente sua posição e fortuna. Crescera com vergonha de sua identidade familiar secreta, mas agora olhava para o retrato das antigas ocupantes daquele quarto com uma onda de orgulho.

Fechando a porta do quarto atrás de si, Michele abriu a gaveta de cima da escrivaninha branca de mogno, e tirou de lá uma pequena caixa. Embora conhecesse de cor seu conteúdo, sentiu um estremecimento de expectativa ao erguer a tampa.

Aninhados com cuidado dentro da caixa estavam fragmentos da vida de um homem. Um recorte de jornal de outubro de 1910, das páginas sociais do *New York Times*, que Michele havia escaneado na biblioteca pública, fornecia um relato de tirar o fôlego do baile de Dia das Bruxas dos Windsor — o cenário onde ela e Philip haviam se conhecido. Junto com o artigo haviam sido publicadas fotos em preto e branco, granulosas, dos convidados mais eminentes do baile, e Michele sentia um aperto no coração sempre que olhava a imagem de Philip Walker. Apesar da qualidade ruim, conseguia distinguir as linhas de seu rosto. O olhar dele estava perdido na distância, concentrado. Havia algo, para além da câmera, que prendia totalmente sua atenção, e Michele sabia, cada vez que contemplava a foto, que era para ela que ele olhava.

Sob o recorte de jornal estava a partitura, escrita a mão por Philip, para uma das músicas que ele e Michele haviam escrito juntos em 1910: *Bring the Colors Back* [Traga as Cores de Volta]. Ela havia escrito a letra e ele compusera a música, os dois apaixonando-se por meio de uma composição em que um dizia ao outro o que simples palavras não conseguiam expressar.

No fundo da caixa havia vestígios da vida posterior de Philip, sob o pseudônimo de Phoenix Warren, o famoso compositor e pianista de meados do século XX. Uma foto de 1940 de um número antigo da revista *Life* mostrava-o com uma aparência charmosa na meia-idade, segurando uma placa de disco de ouro por sua sinfonia *Michele* — a música que dera a Marion Windsor o nome perfeito para sua filha. Michele ainda sentia um arrepio na nuca toda vez que pensava naquilo.

O último item na caixa era o obituário dele, de 12 de dezembro de 1992. Ele tivera uma existência longa e plena, como prometera a Michele da última vez em que haviam se visto. Mas nunca se casara, e Michele não conseguia se livrar da impressão de que tinha passado o resto de seus dias procurando por ela. Teria essa busca enfim o levado até ali? Ou seria esse novo Philip Walker apenas um descendente?

Enquanto tampava a caixa, Michele ponderou que talvez houvesse uma pessoa com respostas para tudo aquilo: seu pai — a razão pela qual ela própria era capaz de viajar no tempo. Mas Irving Henry estava perdido no passado, sem saber que ela existia.

Eu posso voltar no tempo, Michele recordou a si mesma. *Posso encontrá-lo*. Aquela ideia a empolgava e, ao mesmo tempo, aterrorizava. Ele era a pessoa mais importante de seu passado. Teria que estar preparada.

Quando o relógio bateu seis horas, assinalando o horário do jantar na Mansão Windsor, Michele ainda estava imersa em sua busca *on-line* por qualquer informação que pudesse achar sobre o Philip Walker do tempo presente. Enquanto a maioria das pessoas tinha praticamente toda a vida exposta *on-line* para que o mundo a visse, Philip era tão arredio na internet quanto era pessoalmente. Ela não conseguiu encontrá-lo em nenhuma rede social e, com um dos sobrenomes mais comuns do país, demorou horas para filtrar todos os resultados de busca referentes a outros Philip. Levantou-se da escrivaninha com um suspiro de frustração, bem quando o celular soou com uma mensagem de texto. O nome de Caissie apareceu na tela.

E se ele for um sobrinho-bisneto de Philip, ou algo assim? Isso explicaria a semelhança, e também por que herdou o anel, dizia a mensagem.

Mas a família de Philip acreditava que ele tivesse morrido na década de 1920. *Não poderia ter simplesmente aparecido e entregado o anel para um deles*, pensou Michele. Não havia explicação. Apenas o fato inegável de que os olhos dentro do quais mergulhara naquele dia eram os mesmos que fitara em 1910.

Michele lentamente foi até a sala de jantar, perdida em pensamentos, mas, quando entrou no aposento e viu os avós, sua mente foi trazida de súbito para o presente. Era evidente que havia algo errado.

Ela nunca tinha visto os avós tão abatidos. A postura sempre ereta, orgulhosa, era a marca de uma educação nobre e parecia anunciar a identidade deles sempre que entravam num aposento. Mas naquela noite, parada à porta do salão com pilares de mármore, Michele viu Walter e Dorothy exaustos, recurvados na cadeira. Dorothy tremia enquanto Walter murmurava algo em seu ouvido.

— Está tudo bem? — Michele perguntou, embora temesse descobrir a resposta à pergunta. — O que o médico disse?

Os dois levantaram os olhos, tentando assumir uma expressão de calma fingida.

— Minha saúde vai bem — disse Dorothy, trêmula. — Só estava nervosa. Fomos ao médico apenas para tranquilizar Annaleigh. É muito gentil a forma como ela se preocupa conosco.

— Por que você estava nervosa? — perguntou Michele, sentando-se em seu lugar, de frente para eles, na longa mesa de jantar de carvalho.

Antes que tivessem a chance de responder, a copeira, Lucie, entrou trazendo uma terrina de sopa fumegante. Foi quando Michele viu o álbum de fotos aberto entre os avós e conteve uma exclamação.

Desde o dia em que viera morar com Walter e Dorothy, Michele pressentira que estavam escondendo algo dela. O fardo desse segredo trazia uma sombra ao rosto deles toda vez que olhavam para Michele, tornando as conversas forçadas. Ela obtivera uma primeira pista significativa sobre o que escondiam na noite anterior a uma excursão de escola a Newport; naquela ocasião, encontrara na biblioteca o mesmo álbum antigo de fotos dos Windsor, aberto numa fotografia em preto e branco de Irving Henry, identificado como o advogado da família, mais ou menos em 1900. A reação nervosa dos avós ao encontrarem Michele com o álbum de fotos confirmou suas suspeitas de que eles conheciam — e haviam mantido em segredo — a verdadeira identidade do pai dela como um viajante do tempo vindo do passado. Nos últimos dias, Michele vira-se esperando pelo momento certo de contar aos avós que ela também conhecia a verdade... mas até agora não havia conseguido se obrigar a pronunciar tais palavras. Temia expor o segredo deles; temia o que pudessem fazer ao saberem que ela também era uma viajante do tempo.

Michele pousou o olhar no couro gasto da capa do álbum, onde estavam gravadas as palavras *História da Família Windsor, 1880-1910*. Até então ela só vira no álbum aquela foto de seu pai, mas ocorreu-lhe que podia haver outras, e sentiu a pulsação acelerar diante daquela ideia. Quando Lucie se retirou, o avô pigarreou, nervoso.

— Temos algo para lhe contar.

Michele prendeu a respiração ao erguer os olhos para eles.

— Você a está usando? — Dorothy perguntou de repente, com uma voz estranhamente estridente.

— U-usando o quê?

— A chave!

Michele encarou a avó num silêncio incrédulo.

— Ela sabe que você a tem... Sabe *o que você é*... E vai fazer de tudo para destruí-la. Você não está a salvo, não se for como ele... Mas não pode deixar a chave longe de suas vistas! Ela pode ser sua única proteção.

Um arrepio desceu pela espinha de Michele, e ela descobriu que não conseguia falar. Por um instante, os únicos sons na sala foram da respiração ofegante e aterrorizada de Dorothy.

— Não estou a salvo de quem? — sussurrou.

Os soluços de Dorothy acentuaram-se com aquela pergunta. Michele recuou diante da visão alarmante, o coração disparando em pânico.

— Que foi? O que há de errado? — ela perguntou, nervosa.

Walter levantou-se da cadeira e debruçou-se sobre Dorothy, esfregando-lhe as costas.

— Está tudo bem, meu amor... Vai ficar tudo bem. — Ele se virou de novo para Michele, com uma expressão angustiada. — Isto tem atormentado sua avó pelos últimos dezessete anos. Eu tinha esperança de que tudo tivesse terminado; de que nunca precisássemos discutir esse assunto com você. Mas temo não podermos mais manter você na ignorância dos fatos.

— *Você não está a salvo!* — uivou Dorothy.

Paralisada, Michele viu sua avó tão refinada perder toda a compostura. A visão era mais assustadora que quaisquer palavras poderiam ter sido.

— Por que não vai se deitar e me deixa conversar com Michele? — sugeriu Walter num sussurro. — Você vai ficar doente se se preocupar tanto assim. Tente descansar um pouco.

— Não. — Dorothy respirou fundo. Embora ainda tremesse e tivesse os olhos vermelhos, pareceu recobrar um pouco de controle. — Preciso estar presente.

— Por favor, me digam logo o que está acontecendo — implorou Michele, a voz estrangulada. — A essa altura, só posso imaginar o pior.

Walter assentiu lentamente com a cabeça, e Michele preparou-se para o que estava por vir.

— Faz mais ou menos um mês, você estava olhando uma foto de Irving Henry no álbum — começou ele. — Nós lhe dissemos que não era ninguém importante, apenas o advogado da família nos velhos tempos. Mas estávamos mentindo. Precisávamos fazê-lo. Achávamos estar protegendo você.

— Eu sabia — sussurrou Michele. — O tempo todo vocês sabiam quem ele era de verdade, não é?

— Como *você* descobriu sobre ele? — perguntou Walter, abrupto. — Sempre achamos que Marion não sabia.

— Ela não sabia. É uma longa história, mas deduzi tudo quando... quando encontrei isto aqui — respondeu Michele, segurando a corrente de onde pendia a chave. — Ele a deixou para mamãe, mas ela nunca soube o que era, e apenas a guardou em seu cofre no banco durante esses anos todos. Eu a encontrei depois que mamãe morreu.

Michele puxou a chave de sob a blusa. Revelá-la causou um efeito fisicamente visível nos avós. A cor sumiu do rosto de Walter, e Dorothy apertou os braços da cadeira, lutando para respirar normalmente.

— Até hoje, sempre imaginamos, preocupados, que você poderia ser como ele. Mas nunca tivemos certeza — disse Walter, com uma expressão mista de medo e assombro. — Você... você o viu?

— Uma vez — admitiu Michele. — Por uma fração de segundo... em 1925. Mas não nos falamos, e fui mandada de volta para o meu tempo no mesmo instante. — Ela quase acrescentou que também havia estado no funeral do pai, em 1944, e que tinha visto o avô quando era um garotinho, mas pressentia que aquela informação poderia ser demais para eles.

Walter fechou os olhos, tentando se controlar. Depois estendeu a mão e abriu o álbum de fotos em outra página.

— Este é seu pai, com a mesma idade que tinha quando nós o conhecemos. Quando ele começou a namorar com Marion.

Michele debruçou-se sobre a foto, ansiosa para dar uma olhada no pai que nunca conhecera. Sentiu um aperto no coração ao contemplar a foto. Irving Henry era um exemplo de boa aparência e charme, com um ar de menino, e sorria diante de uma árvore de Natal no Saguão Principal. Tinha cabelos ondulados e bigode, o que o fazia parecer ainda mais o clássico cavalheiro vitoriano. Mas Michele ficou mais impressionada com as semelhanças que podia ver entre o rosto dele e o seu próprio, apesar da qualidade grosseira da fotografia envelhecida, datada do Natal de 1887.

— Herdei as covinhas dele — sussurrou. — Tenho o mesmo nariz. E... temos o mesmo sorriso.

— Fomos pegos de surpresa quando vimos você pela primeira vez — murmurou Dorothy. — Claro, você se parece com sua mãe... mas também é muito parecida com ele.

Michele examinou a foto com atenção, tentando memorizar o rosto do pai.

— Irving nasceu e foi criado nesta casa, com os empregados — revelou Walter. — Era filho do mordomo e, mesmo depois que seu pai, Byron, morreu e ele foi enviado para a escola, Irving voltava para a Mansão Windsor nas férias. Na época, com certeza era incomum que os empregados confraternizassem com a família que serviam, mas o mordomo tinha a posição mais elevada entre os serviçais, de modo que os Windsor respeitavam Byron. E Irving, seu filho, cresceu junto com a filha deles, Rebecca. — Walter virou a página, e sua expressão endureceu. — Pelo que ouvi dos poucos parentes que a conheceram na época, ela sempre foi uma garota estranha, de quem ninguém gostava. No entanto, parece que ela e o pai chegaram a ser muito próximos.

Michele olhou para a foto que Walter fitava de forma tão sombria e cobriu a boca com as mãos, sem poder acreditar.

A imagem mostrava uma garota de olhos escuros e inexpressivos, que não parecia nem velha nem jovem. Estava de pé na sala de estar da Mansão Windsor, usando um vestido longo de cetim com anquinhas pronunciadas atrás, a cabeça voltada para o lado. Uma massa de cachos negros, presa no alto da cabeça, emoldurava-lhe o semblante endurecido.

Michele afastou-se do álbum cambaleando.

— É ela — gemeu. — Hoje... havia um... fantasma de alguém me seguindo. Não consegui ver o rosto direito, mas eu sei... *era ela*.

— Ela já começou, Walter — lamentou Dorothy. — Já veio atrás de Michele.

Walter segurou Michele pelos ombros.

— Ela não poderá lhe fazer mal por sete dias. Descobrimos isso da última vez em que ela nos atormentou. Pode seguir você e amedrontá--la, mas não terá sua forma nem força física até ter estado em nosso tempo por sete dias. É por isso que precisamos tirar você da cidade imediatamente...

— Espere. — Michele olhou do avô para a avó, aturdida. — Como vocês *sabem* tudo isso? E... por quê? Por que alguém de 1880 iria querer me fazer mal?

Ela se calou quando seu olhar pousou sobre a imagem do lado oposto da folha. Chegou mais perto para ver melhor, e uma sensação gélida, asquerosa, instalou-se em seu estômago. Naquela foto, datada de janeiro de 1888, Rebecca e Irving estavam bem juntinhos nos degraus da escadaria principal, ambos com um sorriso enigmático.

— Esta é a última foto conhecida dos dois juntos — informou Walter. — Alguma coisa aconteceu, ao longo de 1888, que fez com que Rebecca se voltasse contra seu pai e o odiasse pelo resto da vida... e além dela. Até hoje não sabemos o que foi.

Ele prosseguiu:

— Quando Marion trouxe Irving aqui em casa para nos conhecer, em 1991... e ele então dizia chamar-se Henry... achamos que era apenas um adolescente educado que só não estava no mesmo nível social que nossa filha. Imaginamos que fosse um romance adolescente inofensivo e não fizemos nada para impedir. Mas depois a relação entre eles ficou séria. Foi aí que Rebecca apareceu.

O rosto de Walter contorceu-se de angústia ao recordar aquilo, e ele continuou:

— Ver aquela garota materializar-se diante de nós, décadas depois de sua morte... Não havia nada mais aterrorizante. E, ainda assim, de algum modo, ela ganhou nossa confiança. Era de nossa família, e ainda por cima uma viajante do tempo poderosa. Quando Rebecca nos provou quem Irving era de fato, mostrando essas mesmas fotografias e o segredo que ele guardara de Marion, nosso primeiro impulso foi acreditar quando ela dizia que ele traria desgraça a nossa filha. Sabíamos que Marion não acreditaria em nós se tentássemos contar-lhe a verdade, ou talvez tivéssemos medo de que aquilo não fizesse diferença para ela. Ela amava tanto Irving! Ficávamos aterrorizados diante da ideia de que ela o seguisse a algum lugar, quem sabe até em outro tempo. Assim, quando Rebecca nos ameaçou para que a ajudássemos a separá-los, não nos opusemos.

Walter baixou a cabeça, envergonhado.

— Estive no *funeral* de Irving — continuou. — Sabia que ele supostamente morrera em 1944. Assim, não foi difícil acreditar em Rebecca quando ela disse que ele era uma abominação, e que aquela união com nossa filha teria consequências terríveis. Ela nos disse que deveríamos separá-los antes que pudessem ter um filho. Estava obcecada com aquilo, alertando-nos o tempo todo para o que aconteceria se você nascesse.

Dorothy falou, a voz fraca:

— Oferecemos dinheiro a Irving para que abandonasse Marion. Ele não quis aceitar o dinheiro, mas, quando enfim lhe contamos que sabíamos quem ele era, e que Rebecca havia aparecido diversas vezes em nossa casa... Bom, ele desapareceu um dia depois, sem nenhum aviso. Mas tudo foi inútil. Marion nunca nos perdoou, e nós a perdemos muito cedo. Era exatamente isso que tentávamos evitar quando aceitamos cooperar com Rebecca. — Ela enterrou o rosto nas mãos. — E agora, depois de dezessete anos, ela voltou atrás de você. É nosso pior pesadelo. Mas não vamos mais dar ouvidos àquela criatura desprezível. Sabemos agora que o tempo todo era *ela* o verdadeiro inimigo.

— Sabe, Michele, sempre amamos muito você — murmurou Walter. — Tivemos que esconder coisas apenas porque nos sentimos sem outra alternativa.

Michele estendeu as mãos e segurou a dos avós.

— Não consigo sequer imaginar como todos esses anos devem ter sido para vocês — disse. — Fico arrasada em saber o que Rebecca causou a vocês e a meus pais. Mas não vamos deixar que ela leve a melhor.

Ela cerrou os dentes de fúria ao compreender que tudo em sua vida teria sido diferente se não fosse por aquela viajante do tempo psicótica. Ela teria crescido com os pais e os avós presentes em sua vida, Marion não teria ficado sozinha para criar a filha como mãe solteira e, sobretudo, Michele não seria agora uma órfã aos 16 anos de idade.

— Rebecca destruiu toda a minha família — sussurrou ao se dar conta da extensão de todo aquele horror. Ergueu o olhar e encontrou o dos avós. — O que ela pretende fazer comigo?

Fez-se um silêncio sufocante enquanto Walter e Dorothy se entreolhavam, sem saber o que dizer.

— Ela me quer morta, não é? — perguntou Michele num tom de voz seco.

Depois de um instante, Walter disse:

— Lembre-se: ela ainda não pode fazer nada. É por isso que temos que mandar você para longe daqui. Sabemos que você deve ter saudade de seu antigo lar e dos seus amigos, por isso compramos passagens de avião só de ida para Los Angeles. Podemos ficar por lá até o perigo passar.

— Não — reagiu Michele com firmeza. — Rebecca está aterrorizando nossa família desde antes do meu nascimento. Não importa aonde eu vá, ela vai me encontrar. É por isso que tenho que estar preparada quando ela o fizer. Tenho que pôr um fim nessa situação.

— Mas como vai fazer isso? — balbuciou Dorothy. — Como pode ficar aqui quando ela está assombrando a casa, e ir à escola e agir normalmente, quando você pode ter apenas mais sete dias? Se pelo menos formos para longe...

— Não vai mudar nada — interrompeu Michele. — Como podemos ter certeza de que ela não vai nos seguir? A única solução é que eu encontre uma forma de detê-la... para sempre.

Enquanto falava, Michele não pôde deixar de se espantar com a própria calma, apesar de ter sido jogada no meio de um verdadeiro filme de terror ao vivo. Mas, ao pensar na família que Rebecca lhe roubara, a fúria e a determinação sobrepujaram seu medo. Sua mente de repente encheu-se com a imagem do rosto de Philip, e a ânsia de permanecer viva, de estar com ele, foi tão profunda, que naquele momento sentiu que poderia vencer qualquer obstáculo que houvesse em seu caminho.

Pegando o álbum, Michele folheou-o até encontrar a primeira imagem do pai que tinha visto na vida: seu retrato como advogado, de 1900. Na foto, ele tinha 31 anos, embora houvesse um pesar em seus olhos que o fazia parecer mais velho. O rapaz alegre de 1887 mal era visível ali.

— O que não entendo é: se a amizade de Irving e Rebecca terminou em 1888, por que ele ainda estava trabalhando para a família tantos anos depois? — perguntou Michele.

— A parte mais estranha é que essa foto de Irving, originalmente, nunca esteve no álbum — disse Dorothy num tom abafado. — Ela apareceu um dia depois que ele saiu da década de 1990.

— Pesquisamos um pouco na família para descobrir o que fosse possível sobre Rebecca e Irving — continuou Walter. — Não foi fácil, pois quase todo mundo que os conhecera já tinha morrido, mas falamos com a sobrinha dela, Frances Windsor.

Michele teve um sobressalto ao reconhecer o nome. Havia visto a pequena Frances, quando conhecera Clara Windsor. Frances era a irmã caçula de Clara.

— Frances já tinha passado dos 90 anos quando a visitamos, em 1993, mas ainda tinha uma memória afiada. Rebecca era irmã de seu pai, George, e ela se lembrava da tia como a estranha e hostil ovelha negra da família. Rebecca nunca se casou nem fez nada da vida. Frances recordou que ela sempre desaparecia em viagens misteriosas, às vezes por anos a fio. George herdou esta casa depois que os pais morreram, e Rebecca mudou-se para uma casa na Washington Square, embora raramente ficasse na cidade. De acordo com Frances, a tia não parecia querer muito contato com a família. Eles só a viam nas raras vezes em que comparecia aos bailes dos Windsor. Por outro lado, enquanto Rebecca se afastou, Irving se tornou mais próximo deles. Frances disse que, sempre que ele vinha aqui para discutir assuntos legais ou de negócios com o pai dela, chegava cedo e depois se demorava após a reunião, como se esperasse por alguém. — Walter respirou fundo. — Sempre me perguntei se era por Marion que ele estava esperando... se ela seria o motivo para que permanecesse tão próximo.

Michele engoliu o nó em sua garganta.

— Meu pai... ele voltou a ver Rebecca de novo?

— Não que se saiba. Rebecca nunca estava por aqui, e, nas ocasiões em que voltou à Mansão Windsor, Irving deve ter se mantido afastado. Frances disse que, embora fosse convidado para comemorações e festas na casa, ele nunca comparecia.

— Preciso encontrá-lo — declarou Michele. — Tenho um pressentimento de que... de que ele vai saber o que fazer.

Dorothy arquejou, chocada com a ideia.

— Mas, se o encontrar, pode estar caindo exatamente na armadilha dela. Ela vive no mesmo tempo que ele.

— Não se preocupe. Não vou fazer nada até entender tudo melhor e ter... um plano.

Walter apertou-lhe a mão.

— Vamos ajudar você. Estamos juntos nisso.

Michele respirou fundo. Vendo a preocupação estampada no rosto dos avós, perguntou a si mesma se não estaria se iludindo ao achar que poderia encarar aquela batalha transtemporal contra uma inimiga de cuja existência sequer soubera até aquele dia. Mas, de qualquer modo... não tinha escolha.

A Chave do Nilo é o artefato que nos permite viajar através do tempo. Tais chaves vêm do próprio local de nascimento das viagens no tempo: o Antigo Egito. Sabe-se da existência de mais de duzentas chaves: uma para cada família da Sociedade Temporal. Embora todas elas tenham o formato de cruz, cada chave tem características, tamanho e forma únicos.

A Chave do Nilo é sempre dada por um Guardião do Tempo a alguém da família antes que ele deixe esta terra. Assim, a viagem no tempo é um dom hereditário. Esse poder corre no sangue de cada família, por meio do Gene da Viagem no Tempo. O gene se ativa quando a chave é recebida.

A vasta maioria de nós não consegue viajar sem sua chave. Apenas alguns poucos Guardiões do Tempo, seletos e extraordinários, são capazes disso.

Eu sou um deles.

— MANUAL DA SOCIEDADE TEMPORAL

3

Quando chegou a hora de dormir, Michele deixou acesa a luminária brilhante de sua escrivaninha e trancou a porta, por via das dúvidas, arrastando uma poltrona para bloqueá-la. Sabia, pela lógica, que nenhuma dessas precauções poderia impedir um viajante do tempo de entrar em seu quarto, mas ainda assim sentia-se um pouco mais segura. Pegando de novo a foto de Philip no baile do Dia das Bruxas de 1910, acomodou-se na cama e ficou olhando a velha imagem até finalmente adormecer.

My grandfather's clock [O relógio de meu avô]
Was too large for the shelf, [Era grande demais para ficar na prateleira,]
So it stood ninety years on the floor... [E por isso ele ficou no chão por noventa anos...]

Michele seguiu na direção de uma vozinha de menina que cantarolava. A melodia soava como uma canção de ninar, mas a garotinha cantava num tom sinistro. Michele teve um estranho pressentimento enquanto avançava pelo gramado.

Estou no Central Park, percebeu ao passar pelo lago que o vento crispava e ver a vegetação verdejante do outro lado. *Mas como cheguei aqui? Onde estão as pessoas?*

Uma gota de água atingiu suas calças de *fleece* e, ao olhar para baixo, Michele viu que ainda estava com o pijama, calçando chinelos macios em vez de sapatos. *O que é isto?*

Havia começado a chuviscar, e ela apertou o passo até se ver diante de um velho carrossel. O brinquedo rangia, movendo-se em câmera lenta enquanto gotículas de chuva caíam sobre os cavalinhos coloridos de madeira. E então Michele as viu — duas crianças com 8 ou 9 anos de idade, cavalgando o brinquedo através da neblina. A garota estava formalmente vestida para o parque, usando um avental branco atado com uma fita amarela. As mãozinhas diminutas que se seguravam ao pescoço do cavalo estavam adornadas com luvas de pelica, e uma touca de estilo antigo emoldurava os cabelos muito negros da menina. Por outro lado, o garotinho estava vestido de maneira adorável, com uma jaqueta Norfolk e calças curtas que chegavam aos joelhos.

Ninety years without slumbering, [*Noventa anos sem descansar,*]
Tick, tock, tick, tock. [*Tique, taque, tique, taque.*]

A voz ainda mais doce do garotinho juntou-se à da menina:

His life seconds numbering, [*Contando os segundos de sua vida,*]
Tick, tock, tick, tock, [*Tique, taque, tique, taque,*]
It stopped short, [*Ele parou de repente,*]
Never to go again, [*E nunca mais funcionou,*]
When the old man died. [*Quando o velho homem morreu.*]

Quando terminaram de cantar, a garotinha de repente virou a cabeça para encarar Michele, com uma expressão que fez a jovem recuar alarmada.

Em vez do semblante inocente de uma criança, o rosto pálido da garota era duro e severo, com olhos escuros e ameaçadores. Havia algo familiar, perturbador, naquele rosto. Michele sabia que já o havia visto antes.

A menina desceu graciosamente do cavalinho do carrossel e caminhou na direção dela, os olhos fixos no pescoço de Michele, as mãos estendidas. Michele ergueu as mãos de modo protetor, resguardando a corrente com a chave.

— O que está fazendo? — perguntou o garotinho num tom nervoso, saltando de seu cavalinho.

— Fique quieto, Irving. — A garota o ignorou.

São Irving e Rebecca.

Michele ficou sem fôlego quando o garotinho se virou para olhá-la. O rosto dele era uma versão masculina e mais jovem do rosto dela.

— Papai — ela moveu os lábios, mas deles não saiu som algum. E então a cena tornou-se trevas.

SEGUNDO DIA

Michele acordou com o alarme do iPod berrando a música dos Black Keys, e a princípio não conseguiu lembrar-se de onde estava. O estranho sonho a desorientara, deixando uma sensação incômoda em seu estômago. Mas logo ela reconheceu a visão familiar de seu quarto e recordou que tinha aula naquele dia. Podia ter uma viajante do tempo do século XIX para derrotar, mas primeiro iria ver Philip de novo. Aquele pensamento foi suficiente para desviar sua mente do pai e de Rebecca por um instante. Saltando da cama, foi depressa para o banheiro, com uma sensação engraçada no estômago, enquanto se perguntava se aquele seria o dia em que ele se lembraria dela — ou o dia em que ela descobriria quem ele de fato era.

Mas, quando chegou ao banheiro, a visão no espelho a fez soltar um grito de pânico. Havia pedacinhos de grama em suas calças... e marcas de umidade na camiseta. Vasculhou o cérebro, tentando encontrar alguma lembrança de ter estado lá fora antes de ir para a cama, mas sabia que não o fizera. Nem sequer havia chovido na noite anterior.

O Central Park da infância do pai não havia sido um sonho. *Ela realmente havia estado lá.* Não era a primeira vez que viajava no tempo contra sua vontade, mas havia sido a primeira vez em que confundia a viagem com um sonho.

Michele sentou-se na borda da banheira, a cabeça nas mãos, enquanto tentava entender a loucura em que rapidamente ia se transformando sua nova realidade. Poderia ter permanecido ali para sempre, imóvel e imersa em pensamentos, se Annaleigh não a tivesse chamado pelo interfone, informando-a de que Fritz havia chegado para levá-la à escola.

Às pressas, secou o cabelo com o secador, deixando-o com um ondulado natural, e a combinação da saia plissada do uniforme com a camisa branca lhe lembrou um pouco o vestido que havia usado no baile dos Windsor de 1910. Aplicou base para camuflar as olheiras escuras e, depois de uma camada de rímel e de brilho labial, sentiu-se pronta.

Berkshire High, uma escola particular de 110 anos de idade, instalada num edifício que lembrava um museu, parecia quase tão intimidante quanto a Mansão Windsor. Colunas coríntias emolduravam a estrutura branca de pedra, e os glamorosos adolescentes dos ricos e famosos de Manhattan apoiavam-se nelas enquanto riam e papeavam nos últimos instantes antes de soar o sinal da manhã. Michele passou apressada por eles, o coração cada vez mais acelerado à medida que ela vasculhava a multidão em busca de Philip.

Ao chegar à sala de história dos Estados Unidos, viu-o de imediato do outro lado da classe. Ele levantou o olhar como se a pressentisse, e o olhar de ambos se cruzaram. Michele agarrou o batente da porta, a presença dele ainda um choque. Parecia sempre impossível impedir a reação avassaladora de todo seu corpo a ele, desde a vertigem que parecia esvaziar sua cabeça às contrações no estômago. Sabia, por experiência, que o único remédio era Philip apertá-la contra si e beijar-lhe os lábios. Mas, quando ele afastou o olhar e voltou a se concentrar no livro que tinha sobre a carteira, Michele se sentiu apenas como uma garota apaixonada por um cara torcendo para que ele a notasse. Era uma mudança perturbadora do Philip que passara a vida esperando por ela. Michele engoliu em seco, baixando os olhos enquanto ia para seu lugar.

Durante o almoço, naquele dia, Michele sentou-se a sua mesa de costume no refeitório, junto com Caissie e Aaron, mas ficou em silêncio durante a maior parte da conversa dos amigos. Seu olhar ficava se desviando para a mesa onde Philip e Kaya Morgan estavam a sós, agindo com ainda mais intimidade que no dia anterior. Não conseguia ouvir o que diziam, mas podia ver Kaya falando empolgada enquanto Philip assentia com a cabeça e sorria.

— Até parece que esse cara novo tem superpoderes, do jeito que as meninas estão delirando por ele — disse Aaron, sem ajudar em nada com o comentário, enquanto seguia a direção do olhar de Michele. — Você também?

Michele não via razão para mentir a Aaron.

— Ele tem alguma coisa especial — admitiu.

— E quanto ao Ben? Não vai ao baile com ele? — perguntou Aaron.

O corpo de Michele se retesou. No meio de toda a loucura dos últimos dois dias, tinha esquecido completamente que havia concordado em ir com Ben Archer ao Baile de Outono anual da escola, que era já no próximo sábado. Ben parecia ter aceitado que fossem só como amigos, mas tinha deixado claro que estava a fim dela. Michele não conseguia se imaginar dançando a noite toda com Ben enquanto Philip estivesse presente no mesmo salão. Como se lesse sua mente, Caissie olhou para ela.

— Você *não* vai dar um fora no Ben — disse, a voz severa apesar da boca cheia de salada.

— Nunca faria isso! — protestou Michele, indignada. — Eu só...

Mas ela não terminou a frase, pois naquele momento Kaya deu uma risada sedutora, apertando a mão de Philip enquanto ele sorria para ela.

— Deixa pra lá. Tenho sorte de estar indo com Ben. — Michele respirou fundo. *Vai ficar tudo bem. Ele só está agindo como se fossem tão íntimos porque ela é a única pessoa que Philip conhece na escola.* Voltou a se concentrar em seus amigos, procurando mudar de assunto. — Vocês vão estar por aqui para o dia de Ação de Graças?

Enquanto Caissie e Aaron se lamentavam por terem de dividir o feriado entre os pais divorciados, Michele sutilmente virou a cadeira para deixar de ter uma visão tão clara de Philip e Kaya. Por uns bons dez minutos, conseguiu se conter e não olhar para ele, até que os dois se levantaram para ir embora. Foi então que Michele viu o vulto envolto num véu materializar-se em meio a uma névoa em pleno refeitório. *Rebecca.* A imagem dela tremeluzia como a de um fantasma, mas Michele pôde perceber que ela observava Philip com atenção. *O que Rebecca quer com ele?*

— Hã, Michele, o que está fazendo?

Aturdida, Michele voltou os olhos para os amigos, que a observavam espantados. Percebeu que havia ficado de pé ante a visão de Rebecca, e devia ter dado a impressão, para Caissie e Aaron, de que se levantara para encarar abertamente Philip e Kaya.

— Eu, hã... achei que tivesse visto alguém da Califórnia — mentiu Michele, ficando vermelha enquanto se sentava de novo.

Soltou um suspiro de alívio quando a névoa escura de Rebecca evaporou, tão depressa quanto havia aparecido. Philip estava a salvo... por ora. Michele teria que se assegurar de que continuasse assim.

Michele telefonou de seu celular para a Mansão Windsor, enquanto Fritz a conduzia por Midtown depois das aulas. Ouviu Annaleigh atender, enquanto o SUV passava pelas luzes e pela agitação das movimentadas ruas da Cinquenta Oeste.

— Oi, Annaleigh, só queria avisar que estou indo, hã... estudar com uma colega. Fritz está me levando de carro. Vou estar em casa para o jantar, mas achei que meus avós gostariam de saber.

Michele rezou em silêncio para que Walter e Dorothy não tivessem um ataque de pânico por ela sair depois da aula com Rebecca assim à solta, mas Michele sabia que não estaria mais segura se ficasse em casa. Na verdade, precisava tomar o máximo possível de providências durante os próximos seis dias, antes que Rebecca se tornasse uma ameaça muito maior.

Fritz a deixou na esquina da rua Quarenta e Dois com a Sétima Avenida, na calçada oposta ao imponente Carnegie Hall, mas ela só tinha olhos para o edifício mais adiante naquela quadra: o Osborne. A fachada do edifício, em pedra marrom, parecia acenar para ela, chamando-a, e uma brisa repentina tornou-se um sussurro motivando-a a seguir em frente. Ela não tinha nenhum plano, e sabia que se aparecesse no apartamento dele ia dar a impressão completa de que o perseguia. Mas precisava falar com Philip, longe das distrações da escola. Precisava descobrir por que ele não conseguia se lembrar dela, quem ele era de fato — e por qual motivo Rebecca também o estaria seguindo.

O coração batia forte em seu peito quando ela chegou ao edifício e notou a placa sobre a porta de entrada: *Inaugurado em 1885. Tombado como patrimônio histórico da Cidade de Nova York*. O térreo do Osborne era ocupado por vitrines de lojas, com uma interrupção no centro, onde se situava a entrada principal. Ela espiou pela janela do saguão de entrada e conteve uma exclamação.

Era como se o interior de um palácio do Renascimento tivesse sido transplantado para aquele prédio de apartamentos em Manhattan. O saguão do Osborne era uma obra-prima artística, com paredes e piso totalmente revestidos em mármore e com mosaicos decorativos. O teto, abobadado, era igualmente ornamentado, enquanto a entrada estava flanqueada por pinturas em medalhão que ilustravam temas de música e literatura. Luminárias de parede antigas iluminavam o ponto focal do saguão: um relógio romano antigo de ouro e bronze, orgulhosamente localizado num pilar maciço na parede dos fundos do recinto. Michele olhou para o relógio e, sem pensar, levou lentamente a mão a sua chave.

A brisa se transformou num vento intenso, que rodopiou ao redor do corpo de Michele, e ela soltou uma exclamação quando seus pés ergueram-se do chão. Girando tão rápido que mal conseguia enxergar, percebeu, surpresa, que *estava acontecendo de novo*. Cambaleando, voltou a pousar diante do Osborne ao pôr do sol — mas todo o resto havia mudado.

A primeira coisa que ela percebeu foi o barulho. A cidade soava muito diferente. Michele ouviu o "chuque-chuque" de um trem, o ronco de carros antigos e a qualidade musical de vozes falando em tons refinados, como se representassem alguma peça de teatro. Michele girou lentamente ao redor de si, arregalando os olhos.

Percorrendo as ruas, havia carros opulentos que não poderiam ser mais diferentes dos modelos do século XXI com os quais estava acostumada, desde um Cadillac turquesa com teto branco até um Buick conversível marrom que parecia uma diligência. Os homens que os dirigiam vestiam paletó de lapelas largas, gravata estampada e chapéu de abas largas, enquanto as mulheres sentadas ao lado deles usavam blusas de mangas bufantes e chapeuzinhos assimétricos, os cabelos arrumados em caracóis curtos que lhes emolduravam o rosto. Um ônibus amarelo de modelo antigo passou apressado, portando um cartaz de filme. *Não perca a obra-prima cinematográfica de 1934!* Cleópatra, *de Cecil B. DeMille. Estrelando Claudette Colbert!* Lá no alto, o trem sacolejava e avançava pelos trilhos que corriam acima da Sétima Avenida.

É 1934, pensou Michele, assombrada. *Estou em 1934!*

Um novo som se sobrepôs aos demais — um piano, vindo de uma das janelas da frente do segundo andar do Osborne. O músico tocava com uma paixão e uma habilidade que em toda a sua vida Michele só ouvira das mãos de outra pessoa. Era uma música que conhecia bem: *Serenata.*

Ela levantou o olhar para a janela, todo o corpo tremendo. *Será mesmo ele?* E então viu a silhueta de seu rosto através das vidraças, tocando concentrado, de olhos fechados, mechas de cabelo escuro caindo-lhe na testa.

— PHILIP! — Michele gritou.

Não era para tê-la ouvido, pois sua voz quase foi abafada pela buzina potente de um caminhão. Mas ele se virou, o semblante inexpressivo, como se duvidasse do que havia escutado. Então a viu, dando pulos na calçada do outro lado da rua, e o rosto dele se abriu num sorriso atônito. Ela se viu correndo para ele, escalando a escada de incêndio até sua janela. *Exatamente como Tony e Maria,* de *Amor, Sublime Amor,* pensou, soltando um riso de felicidade.

Philip abriu a janela e saiu por ela, os olhos enchendo-se de lágrimas enquanto fitava Michele. Por um instante, ele apenas manteve-se ali, pestanejando rapidamente, como se tentasse provar a si mesmo que o que via era real, que Michele estava de volta. Enquanto o olhava, Michele sentiu a mesma dor nostálgica no estômago que se lembrava de ter sentido na única outra vez em que o vira já totalmente adulto, em 1944 — a última vez em que haviam se visto. Mas ele não tinha conhecimento daquele encontro agora. Estava no futuro dele.

— Michele — ele sussurrou.

Num instante, ela estava nos braços de Philip. Aninhou a cabeça em seu ombro, inspirando seu odor familiar, que era como um bálsamo para seus nervos em frangalhos. Mas Philip afastou-se com suavidade daquele abraço, a expressão desolada.

— Queria que você tivesse voltado antes — murmurou. — Eu envelheci.

— Eu sei. Se tivesse algum controle sobre isso, nunca teria deixado 1910. Teria ficado com você todo o tempo.

Michele sentou-se, trêmula, no degrau superior da escada de incêndio, e Philip acomodou-se a seu lado. Enquanto se entreolhavam, passou pela cabeça de Michele que o rosto dele era quase o mesmo de quando era adolescente, mas agora havia linhas ao redor dos olhos. Embora estivesse se aproximando da meia-idade, era tão atraente quanto antes, parecendo um ídolo clássico de matinê em seu terno de três peças.

— Tantos anos se passaram desde que a vi pela última vez, e aí está você, exatamente igual. — A voz de Philip falhou. — Onde você esteve durante todos esses anos? O que a vida lhe reservou? Você foi feliz? Quero saber de tudo. Você é a pergunta que tem me perseguido, sobre a qual tenho pensado desde que tinha dezoito anos.

Michele estendeu a mão e segurou a dele.

— Queria ter as respostas certas. O que para você foi uma eternidade, para mim não foi tempo nenhum. Sou apenas a mesma garota que você conheceu em 1910, sem nada de diferente. Foi você quem cresceu e mudou. Quero saber de tudo sobre você. Você é... é feliz?

O corpo de Philip retesou-se, e ele soltou a mão dela.

— O que você quer dizer?

Por um instante, Michele ficou pensando se era melhor não ter dito nada; se falar sobre o presente, estando no passado, poderia alterá-lo, mas já era tarde demais. Ela precisava saber com certeza se ele e o novo Philip eram a mesma pessoa, e por que ele não se lembrava dela.

— Ontem você apareceu no meu tempo... em minha escola — revelou, vendo o espanto invadir o rosto de Philip. — Você parecia o mesmo de quando nos conhecemos, quando tinha 18 anos. Usava até o mesmo anel de sinete. Mas, por algum motivo, não se lembrava de mim. E hoje você estava com outra garota e me olhou como se eu fosse só mais uma colega de classe, sem nada especial. — As lágrimas que Michele vinha contendo escorreram por suas faces. — Como pode tudo isso ser possível?

Philip apertou o peito, olhando para ela chocado.

— Eu... eu não entendo. Está dizendo que meu eu mais jovem foi para o futuro? Como isso poderia ter acontecido sem que eu me lembrasse?

— Toda essa história parece muito maluca, eu sei. Mas ele tem seu rosto, sua voz, seu anel. Ele até mora neste edifício! *Tudo* nele é exatamente igual a você... exceto a forma que age comigo. — Michele secou os olhos com o dorso da mão.

Philip ficou em silêncio por um instante, e, quando voltou a falar, sua voz estava repleta de assombro.

— Quando eu era mais novo, depois que você se foi pela primeira vez, eu sonhava o tempo todo com outra vida, junto com você. Ficava imaginando que era outra pessoa, nascida em seu tempo, e que poderíamos ficar juntos em todos os sentidos da palavra. Você acha... que eu poderia ter *mesmo* feito isso acontecer?

— Adoraria que houvesse um jeito de descobrir. — Ela teve uma ideia. — Você tem alguma coisa... qualquer coisa que eu possa dar ao novo Philip, tipo uma pista? Algo que o ajude a se lembrar?

Philip pensou por um longo tempo.

— Já volto.

Entrando de novo pela janela, ele pegou alguns papéis de cima do piano de cauda e depois voltou até a escada de incêndio onde ela estava.

— Esta é a música na qual estava trabalhando quando vi você do lado de fora. Só tenho o refrão e a ponte, e ainda não tenho o verso. Dê esta partitura a ele, e então vocês dois poderão terminá-la. Esta é a forma de fazê-lo se lembrar de nós dois; de quem ele costumava ser. — Ele sorriu emotivamente para ela. — Afinal de contas, foi escrevendo música juntos que nos apaixonamos.

Michele sentiu o coração se apertar com as palavras dele. Pegou a partitura e segurou-a bem junto de si.

— E se aquele Philip não for músico?

Ele sorriu, e por um instante Michele pôde ver nele de novo o adolescente.

— Ele vai ser. Não há como alguma versão de mim mesmo existir sem minha música.

Michele devolveu-lhe o sorriso. Mas tinha algo mais que precisava lhe contar, e sua expressão ficou séria.

— Philip, preciso que faça algo por mim. Por favor. O que quer que aconteça, fique longe de Rebecca Windsor.

As sobrancelhas dele se ergueram.

— A tia de Violet? — perguntou, espantado. — Faz séculos que não a vejo. Por quê?

Michele hesitou.

— Pode me contar — Philip a encorajou.

Ela respirou fundo, insegura.

— Não há um jeito fácil de contar isso. Rebecca também consegue viajar no tempo e... ela deseja a minha morte. Ela veio para o futuro, para o meu tempo. E eu a vi hoje, como um fantasma, olhando para o novo Philip Walker de um jeito que me fez achar que ela também tivesse algo contra você. Então, por favor, não lhe dê chance de fazer mal a ele... a *você*. O que quer que aconteça, fique longe dela.

O rosto de Philip empalideceu.

— *Por quê?* Por que ela deseja fazer mal a você?

— É o que estou tentando descobrir. Só sei que tem algo a ver com meu pai.

Philip engoliu em seco, e, quando olhou para ela, seu rosto estava repleto de desespero.

— Não suporto estar impotente, sabendo que você se encontra em perigo e que não há nada que eu possa fazer; que estou morto e enterrado em seu tempo, incapaz de proteger você.

Naquele momento, Michele sentiu o Tempo começar a puxar seu corpo. Seu estômago se contraiu, ansiando por apenas mais alguns momentos com ele.

— Você *está* me ajudando. Pelo simples fato de ficar longe de Rebecca, pode estar me ajudando mais do que podemos imaginar. Estou sendo chamada, mas... eu te amo. Com qualquer idade, em qualquer corpo, em qualquer época... Eu te amo.

— Eu te amo também! — exclamou Philip, vendo como o vento a levantava da escada de incêndio. — Farei qualquer coisa que puder, aqui no passado, para manter você a salvo.

Instantes depois, ela se viu de volta à calçada do século XXI, em frente ao Osborne, rodeada pelos odores e paisagens modernos e familiares. Os olhos dela continuaram fixos na janela da frente do segundo andar, agora vazia. E então um vulto apareceu; era o atual Philip Walker adolescente.

Michele estava a ponto de entrar correndo no saguão de entrada e subir as escadas para mostrar a ele a partitura, quando viu outra pessoa ao lado dele: Kaya Morgan, tirando os olhos de um livro escolar e rindo de algo que ele acabava de dizer. Então a relação deles tinha avançado, e agora havia encontros de estudo. Que rapidez...

Michele afastou-se do Osborne, rumando para casa. Embora ficasse magoada ao ver Philip com Kaya, não se sentia derrotada. Não podia sentir-se assim; não com as folhas de papel que tinha em mãos, e a incrível descoberta de que Philip tinha voltado não apenas para ela, mas também para o mesmo apartamento onde vivera por décadas no passado.

O Dom da Visão é a capacidade dos seres humanos comuns, que não têm poderes especiais, de ver e interagir com espíritos e viajantes do tempo. Também conhecidas como médiuns, muitas das pessoas que possuem esse dom acreditam estar vendo fantasmas. Na verdade, as aparições que veem não são fantasmas, mas viajantes do tempo que ainda não alcançaram a Visibilidade ou sua forma física plena no tempo alternativo.

Descobrimos que o Dom da Visão é hereditário. À época em que este tópico está sendo escrito, em 1880, nossos experimentos mostram que cinco por cento das famílias dos Estados Unidos carregam esse dom. Isso significa que nós, Guardiões do Tempo, devemos estar sempre alertas. Nossas ações no passado e no futuro podem ser observadas.

— MANUAL DA SOCIEDADE TEMPORAL

4

TERCEIRO DIA

Michele chegou à Berkshire High na sexta-feira de manhã e encontrou Caissie esperando por ela junto às colunas da entrada principal. Assim que Michele a alcançou, as duas disseram juntas:

— Tenho uma coisa pra te contar.

— Você primeiro. — Michele notou a expressão de desconforto da amiga. — Tudo bem com você?

— Estou ótima. É só... bom, você sabe que tive a infeliz ideia de adicionar Kaya Morgan como amiga no Facebook, não sabe? — Caissie revirou os olhos, constrangida. — Eu queria que você ouvisse de mim, e não pelas fofocas da escola. Uma das amigas de Kaya escreveu no mural dela que ela e Philip Walker vão ser o casal mais incrível no Baile de Outono. Ele vai ser o par dela.

Michele fechou os olhos, recordando a noite anterior, quando ela havia visto Philip em 1934, enquanto ele tocava a música deles. *Ele não sairia com outra garota, não agora que me encontrou de novo. Philip não faria isso.*

— Eu sei, é uma droga — prosseguiu Caissie. — Mas... acho que isso prova que ele realmente não é seu Philip. Porque, por tudo o que você me contou, o Philip que você conheceu queria estar só com *você*. Ele nunca viria para o futuro para perder tempo saindo com outra garota. Não faz sentido.

— Sei o que você quer dizer — Michele respondeu baixinho. — Mas alguma coisa aconteceu. Fui até o Osborne ontem, depois da aula. — Ela abriu um sorriso envergonhado. — Eu sei, você deve estar achando que virei uma *stalker*. Mas *precisava* falar com ele. Estava usando a chave, e ela me mandou de volta no tempo a 1934. E ele estava lá, Caissie. Eu o vi na janela. Estava tocando piano, tocando nossa música. Os dois Philip não apenas têm a mesma aparência e usam o mesmo anel, mas agora também ele está morando no mesmo apartamento onde meu Philip morou quando era mais velho. Como podem *não* ser a mesma pessoa?

Caissie a olhou, assombrada.

— Ele me deu uma coisa para entregar a Philip. Uma música que, na opinião dele, pode ser uma pista para ajudá-lo a lembrar — revelou Michele. — Tenho que encontrar o momento certo de entregar isso a ele.

— Isso tudo é muito maluco — declarou Caissie. — Então o seu Philip acha mesmo que este Philip novo é *ele*?

— Bom, ele ficou chocado com o que lhe contei, então obviamente ele não tem nenhuma lembrança de ter viajado para o futuro quando era mais novo. Mas concordou que deveria ser ele. Ou alguma versão dele. Quer dizer, de que outro jeito daria para explicar a semelhança, o anel e tudo o mais?

Caissie balançou a cabeça em uma negativa.

— Pela primeira vez na vida, não tenho uma resposta.

O sinal tocou e as duas garotas se apressaram a entrar. Michele notou algo novo decorando as paredes: cartazes anunciando o tema e o local do Baile de Outono. Ficara sabendo, por intermédio de Caissie, que a tradição da Berkshire era que o comitê de planejamento mantivesse em segredo esses detalhes até o último minuto, o que em geral resultava num êxodo em massa para as lojas da Quinta Avenida um dia antes do baile.

Vista seu melhor figurino para um verdadeiro Baile de Outono da era dourada! As palavras pareceram saltar do cartaz quando Michele o olhou. No centro havia a ilustração de uma Gibson Girl, trajando um vestido longo e dançando com um homem elegante de terno, sob a qual se podia ler: *Empire Room, no Hotel Waldorf-Astoria. 19 de novembro, 20 horas.*

Michele não pôde evitar uma risadinha enquanto olhava o cartaz. O tema era irônico demais. Poderiam muito bem estar promovendo o baile de Dia das Bruxas de 1910, onde ela conhecera Philip.

— Vou dizer uma coisa: nossa escola deve ser a única pretensiosa o suficiente para escolher como tema os aristocratas tradicionais — ela ouviu uma voz masculina dizer em tom bem-humorado atrás dela.

Virando-se, viu se tratar de Ben Archer, que lhe sorria.

— É, não vai ser uma balada doidona — ela concordou. — Espero que saiba dançar valsa. Se for mesmo um baile à moda antiga, posso dizer com bastante certeza que não vai ter muito rock ou *hip-hop*.

— Não se preocupe. Sempre impressiono na pista de dança — respondeu ele, dando-lhe uma piscadela.

Mas o sorriso ficou congelado no rosto de Michele quando ela viu Kaya e Philip cruzando juntos as portas e entrando no saguão.

— Vamos lá, gente. Precisamos ir para a classe — disse Caissie, seguindo o olhar dela.

Ben foi com elas, e não tiveram escolha senão encarar Philip e Kaya, que se aproximavam da mesma sala de aula, vindo da outra extremidade do saguão. Os olhos de Philip encontraram os de Michele, mas Ben escolheu justo aquele momento para passar o braço ao redor do ombro dela. Philip desviou o olhar, não sem antes franzir as sobrancelhas ao ver o braço de Ben ao redor de Michele.

E se eu for a única que sempre se lembra?

Pelo terceiro almoço seguido, Michele teve a infelicidade de assistir ao *show* de Philip e Kaya. Era suficiente para anestesiar todas as outras emoções, inclusive o medo que sentia de Rebecca e da batalha que sabia estar por vir.

E se for só eu que sinto as carícias que se perderam e o som dos risos que se foram, e que vejo nós dois em uma Nova York esquecida?

Philip parecia olhar através de Michele, com uma expressão tranquila e inocente, e era essa ambivalência que parecia zombar dela. *Está fingindo... ou de fato ele se esqueceu de mim?*

Não conseguia desviar o olhar. Os olhos azuis de Philip brilhavam ao compartilhar uma piada com Kaya. Ele deu seu sorriso característico, e pela primeira vez Michele sentiu que ele partia seu coração. *Mas não é sempre isso que um sorriso provoca... quando você sabe que ele não se destina a você?*

Desejou poder deter aquela onda avassaladora de ciúme, mas não foi bem-sucedida. Tê-lo de volta, tal como ele havia prometido, mas sem se recordar do que havia existido entre eles no passado? Era como se o Tempo estivesse lhe pregando uma peça particularmente cruel.

E então o olhar dele encontrou o dela. Fora flagrada observando-o fixamente, mas sustentou o olhar. Philip fez o mesmo. Ela notou que Kaya tocava o braço dele, tentando reconquistar sua atenção, mas ele olhou para Michele um instante além do que deveria, antes de voltar a atenção para a sua companhia de almoço.

Foi uma pequena vitória, que Michele saboreou. Ele não poderia tê-la esquecido completamente.

Enquanto ia para o salão de estudos naquela tarde, Michele deteve-se ao ouvir uma melodia cadenciada ecoando pelas paredes da escola. As notas de piano soavam como se estivessem voando, dançando e depois se lamentando, num arrebatamento musical surpreendente. Michele só conhecia uma pessoa capaz de tocar daquele modo.

Virou-se e começou a correr, enquanto seguia o som pelo corredor. A execução ao piano foi se tornando mais frenética, e ela chegou à porta de uma sala que não havia visto antes. Cruzando-a cautelosamente, viu-se numa espécie de sala de ensaios, repleta de suportes de partituras e equipamentos musicais. A um canto da sala, com as mãos movendo-se de forma majestosa sobre o teclado, enquanto o corpo se movimentava em cadência com a música, estava Philip.

Michele fechou os olhos. Por um instante foi transportada de volta a 1910, para as noites à luz de velas na sala de música dos Walker, sentada ao lado de Philip enquanto ele tocava suas composições mais recentes apenas para ela. Ao abrir os olhos, quase esperou estar na extravagante Mansão Walker, e não na despojada sala de ensaios. A visão de Philip trajando o uniforme de Berkshire — calças cáqui e camisa social branca —, em vez de seu terno preto e gravata, chocou-a. A única coisa que não havia mudado era a maneira como tocava, tão incrível quanto da primeira vez em que o ouvira. E tão bela quanto na noite passada, em 1934.

Philip levantou a cabeça. Ao ver Michele, suas mãos se imobilizaram, interrompendo a música de modo abrupto.

— Não vi você aí.

— Desculpe. Não queria interromper. Ouvi o piano e... precisava saber quem estava tocando.

Philip não pôde deixar de sorrir, e a respiração de Michele ficou presa na garganta. Era o primeiro sorriso de verdade que ele lhe dava desde que havia chegado a Berkshire, e ela sentiu-se confiante para avançar um passo na direção do piano.

— O modo como você toca me faz lembrar alguém — ela começou.

Philip desviou o olhar.

— Por acaso é o mesmo cara que no outro dia você achava que eu era?

Michele deu uma risadinha nervosa.

— Você toca igualzinho ao pianista Phoenix Warren.

Philip olhou para as teclas.

— Engraçado. Meu professor de piano diz a mesma coisa.

Agora! Agora é o momento de mostrar a ele a partitura, pensou Michele. Mas algo a impediu. Sentia uma distância desconcertante entre eles, como se acabassem de se conhecer, e ela se perguntou se a pista que Philip lhe dera não funcionaria melhor depois de terem uma conversa de verdade.

— O que estava tocando? — ela perguntou. — Eu adorei.

— Sério? — Philip pareceu gostar do comentário. — Fui eu quem compôs.

Michele conteve uma exclamação. *Philip tinha razão.* Nunca haveria uma versão dele, qualquer que fosse o tempo, em que não fosse músico. Se ainda restava a menor dúvida de que os dois eram a mesma pessoa, agora ela estava mais convencida do que nunca da conexão entre ambos.

— Que tipo de música você escreve? — Michele fez um esforço corajoso para manter a voz firme.

— Um pouco de tudo. Prefiro tocar música clássica e *jazz*, mas componho muito pop e rock também.

— Você costuma apresentar suas próprias composições?

Ele riu.

— Não, eu não canto muito bem. Componho para outros artistas.

Michele observou-o, fascinada. Percebeu, pela tranquilidade dele, que este novo Philip tinha mais confiança em sua música do que o rapaz de 18 anos que conhecera em 1910. Era como se o século XXI tivesse lhe dado mais determinação.

— Para quem estava compondo aquela música?

— Ashley Nichol — respondeu Philip. Michele arregalou os olhos à menção do nome da jovem de 21 anos, vencedora do Grammy Award. — Vendi a ela outras duas músicas, mas ela ainda não fez nada com elas.

— Três vai ser o número mágico, então — disse Michele sorrindo. — Mas é realmente incrível vender músicas para uma artista importante enquanto ainda está na escola! Como conseguiu?

— Obrigado. Bom, eu sempre compus e toquei, e uma noite, dois anos atrás, consegui uma apresentação. Abri o *show* de um amigo cantor e compositor no Joe's Pub. Isso, claro, foi antes de eu perceber que não levava jeito para cantar. — Ele abriu um sorriso. — Mas uma *publisher* musical estava na plateia naquela noite. Ela gostou da minha música e assinou um contrato comigo. Desde então, depois da aula e nos finais de semana, eu gravo demos que ela oferece aos artistas. Tem sido bem legal — disse ele, com modéstia.

— Caramba. — Michele respirou fundo antes de fazer a próxima pergunta. — Você compõe tudo sozinho? A música e a letra?

— Sim, mas sou muito melhor com a música — ele admitiu. — Minha *publisher* vive tentando me fazer trabalhar com vários letristas, mas não senti de verdade que a coisa rolou com nenhum deles.

Michele ficou atônita. As palavras de Philip da noite anterior, em 1934, ecoaram em seus ouvidos. *Esta é a forma de fazê-lo se lembrar de nós dois; de quem ele costumava ser. Afinal de contas, foi escrevendo música juntos que nos apaixonamos.* Ele parecia, de algum modo, ter arranjado tudo aquilo no passado, fornecendo a ela uma brecha para voltar à vida dele.

— Quer fazer uma audição comigo? — ela perguntou de forma casual. A expressão de Philip tornou-se desconfiada, e Michele apressou-se em dizer: — Sem pressão. Mas é que eu escrevo letras desde que me dou por gente, e tenho um problema que é o contrário do seu. Tenho muito mais facilidade com as palavras do que com a música.

Philip lhe deu um sorriso divertido.

— Tudo bem, por que não? Vou continuar tocando a música, e acho que podemos ver o que você consegue fazer.

Enquanto ele tocava a melodia suave, na hora Michele pensou num título. *I Remember* [Eu me lembro]. Tirou caderno e caneta da mochila, e logo as palavras jorravam para o papel.

You've got a new life now, [Você tem uma nova vida agora,]
You're free from old ties. [Você está livre dos antigos laços.]
I can't understand how, [Não consigo entender como,]
Was all I knew a lie? [Seria uma mentira tudo o que conheci?]
We could live all we ever dreamed [Poderíamos viver tudo com que sempre sonhamos]
If you'd just remember you love me [Se você apenas lembrasse que me ama]
'Cause I... [Porque eu...]

E então o refrão fluiu de sua caneta num apelo simples, urgente:

I remember [Eu me lembro]
The way you used to hold me. [Como você costumava me abraçar.]
I remember [Eu me lembro]
The thrill we used to share. [A emoção que costumávamos partilhar.]
We seem to be [Agora parecemos ser]
Strangers passing by now. [Desconhecidos passando um pelo outro.]
Tell me, did you forget how [Diga-me, você se esqueceu como]
We once cared? [Nós dois gostávamos um do outro?]

Ela olhou o que havia escrito, e um rubor de vergonha aqueceu suas faces. Não tinha planejado escrever algo tão pessoal. E a letra era muito mais simples do que ela costumava escrever. Por um instante hesitou, mas acabou reunindo determinação suficiente. Sabia que suas palavras combinariam com a música.

— Tenho um verso e um refrão — disse Michele por entre o som do piano. — Quer ouvir e me dizer se estou no caminho certo?

Philip olhou-a, surpreso.

— Foi rápido, hein? Tá, vamos ouvir.

Ela se aproximou dele, o coração batendo forte no peito.

— Também não sou boa cantora, mas vamos lá.

Michele passou a cantar, acompanhando a melodia de Philip, os olhos baixos fitando o piano timidamente. Começou insegura, mas ganhou confiança ao chegar ao refrão, e ousou olhar para ele enquanto cantava:

I remember [Eu me lembro]
The way you used to hold me. [Como você costumava me abraçar.]
I remember [Eu me lembro]
The thrill we used to share. [A emoção que costumávamos partilhar.]

Philip desviou o olhar, mas Michele percebeu que o corpo dele havia ficado imóvel. Quando terminou a música, ele a olhou de um modo que deixava claro que ela o tinha impressionado.

— Foi ótimo — ele murmurou. — Não teria feito desse modo, mas gostei. Combina com a música.

Michele sentiu seu corpo aquecer-se de prazer.

— Fico feliz de ter achado isso. Vamos tentar de novo com o piano?

Philip assentiu com a cabeça. Ao sentar-se junto dele no banco do piano, seus sentidos se aguçaram. Estavam tão próximos que poderiam se tocar. Tão próximos que, se apenas virasse a cabeça, os lábios dele poderiam encontrar os dela.

Philip inclinou-se para ajeitar a partitura e, ao fazer isso, sua mão roçou na de Michele. Ele a afastou depressa, mas ela notou que Philip respirava mais rápido que o normal, os olhos inundados com um brilho que havia muito ela não via.

Ele começou a tocar e, quando Michele o acompanhou, cantando em voz baixa, as palavras pareceram se fundir de maneira perfeita com a música. Ela o observou, a testa dele vincada pela concentração, e por um instante ela se sentiu de novo transportada ao século anterior, sentada ao lado do Philip que a olharia com desejo; o Philip que sempre tinha a melodia certa para suas palavras.

É você, ela pensou, surpresa. *Sei que é você.* E, de repente, pareceu ser a hora certa.

— Que foi, algo errado? — Philip olhou para ela. — Você parou de cantar.

— É, é que eu... Preciso contar uma coisa para você.

As mãos de Philip se afastaram do teclado.

— Certo.

— Lembra quando achei que você era outra pessoa, alguém que também se chamava Philip Walker?

Ele abriu um sorriso.

— Como iria esquecer um momento tão estranho como aquele?

— Agora tenho mais certeza do que nunca. — As palavras de Michele jorraram de uma só vez. — Detesto parecer maluca, sei que você não se lembra, e que deve me achar uma doida, mas juro que não sou, e preciso que você saiba... — Ela respirou fundo. — O Philip que conheci também era músico. Ele me pediu que lhe entregasse isto, para ajudar você a se lembrar. — Ela pegou a mochila e tirou de lá a partitura.

Philip hesitou, olhando-a de um modo que confirmava a impressão de que ele a achava mesmo uma doida, mas ainda assim pegou as folhas. Relanceou o olhar pela partitura e depois olhou de novo, os olhos arregalando-se de choque. O banco do piano escorregou no chão quando ele se ergueu de um salto.

— Como fez isso? — exigiu saber, sacudindo os papéis diante dela. — *Como?*

Michele engoliu em seco. Nunca tinha visto Philip bravo.

— Eu... não sei o que quer dizer.

— Como fez isso? — ele repetiu, o rosto empalidecendo. — Como copiou minha letra... e *leu minha mente?*

O pânico dele começou a contagiar Michele. Afinal de contas, o que teria escrito o Philip de 1934?

— Sinceramente, não sei do que está falando — ela respondeu, suplicante. — Não sei ler música. O que está vendo aí?

Os olhos de Philip foram dela para a partitura, e depois fizeram o caminho inverso.

— É a música em que estávamos trabalhando. Mas... eu não toquei a ponte para você. Ainda não a tinha trabalhado; estava só na minha cabeça. *Como* você a conhecia?

Ele recuou rumo à porta, mas não a cruzou, parecendo fazer um esforço imenso para decidir se fugia dela ou ouvia o que ela teria a dizer.

Michele ficou espantada ao compreender o que Philip dissera.

— Eu não fazia ideia. Que incrível. — Ela deu um passo hesitante na direção dele. — Por favor, sei que parece inacreditável demais para ser verdade, mas tente me escutar. Há... *uma pessoa que era você.* Duas pessoas não podem fazer exatamente a mesma música. Você e o Philip Walker que conheci são a mesma pessoa. Ele me disse que esta música faria você se lembrar.

Michele foi interrompida por um forte estalo. Ergueu o olhar quando as luzes do teto de repente tremeluziram, e a sala ficou às escuras. Estava muito mais escuro do que deveria, mesmo com as luzes apagadas, pois ainda era de tarde, e o calafrio que desceu por sua espinha lhe dizia que havia algo muito errado ali.

— Mas o que...? — Philip escancarou a porta, mas a escuridão estendia-se pelos corredores.

De repente, com um grito estrangulado, lançou-se de volta à sala de ensaios, postando-se diante de Michele. Por um instante, ela ficou distraída com a proximidade dele e não viu o que ele olhava, mas então vislumbrou uma nuvem alta de fumaça serpenteando para dentro da sala de ensaio, vindo direto para onde estavam. Michele sentia-se assustada demais para mover um músculo que fosse, enquanto ela se aproximava, espirais de cabelos negros e saias ondulantes reluzindo por entre a fumaça. *Rebecca.*

— Afaste-se de nós! — grunhiu Philip, estendendo o braço para segurar Michele e mantendo-a com firmeza às suas costas.

O que levou Philip, que nem sequer conseguia se lembrar de mim, a de repente passar a me proteger?, pensou ela, olhando-o surpresa. E, o mais importante: por que a presença de Rebecca não era um choque para ele? Claro que estava horrorizado ante a visão dela, mas algo em sua voz dizia a Michele que ele já a tinha visto antes.

Ela e Philip estavam tão concentrados na aterrorizante torre de fumaça que era Rebecca, que não ouviram passos atrás de si. De repente, Michele deu um grito ao sentir um safanão em sua corrente, que a pegou desprevenida. Desesperada, levou as mãos ao pescoço, e não sentiu nada exceto a pele nua. A chave se fora.

— *Não!* — ela urrou, lutando para se libertar das mãos de Philip e seguir os passos que ouviu deixando a sala escura. Rebecca deslizou para longe em sua nuvem, uma sensação de vitória seguindo-a para fora do aposento.

— O que está querendo, ir atrás dela? — perguntou Philip com rispidez.

— Ela pegou minha chave! Minha chave sumiu!

O corpo de Michele foi sacudido por soluços enquanto o terror a dominava. Uma coisa era ser forte diante da ameaça de Rebecca quando estava de posse da chave, quando tinha o poder de escapar ao perigo viajando no tempo. Mas agora encontrava-se totalmente por conta própria — exposta e indefesa.

— Ela não tocou em você — disse Philip com suavidade, virando-se e ficando de frente para Michele. — Eu vigiei ela o tempo todo.

— Quem mais poderia ter levado minha chave? — sussurrou Michele.

Naquele momento, um som crepitante ecoou pela sala, e as luzes voltaram a se acender. Philip a soltou, constrangido, com um misto de expressões estampado no rosto.

— Alunos, acabamos de passar por uma falta de energia — soou uma voz seca no sistema de som da escola. — Todos os que estiverem nos corredores, por favor, retornem às devidas salas de aula. Está tudo em ordem de novo.

— Tenho que sair daqui. Você vai ficar bem? — Philip perguntou em voz baixa.

— Por favor, só me diga uma coisa. Como é que você também consegue vê-la? — indagou Michele, às pressas.

Philip passou a mão pelo cabelo, e tinha uma expressão desesperada ao responder:

— Eu... não posso falar mais. Tenho que ir. Isso tudo é demais para mim... demais!

E, com um último olhar, saiu correndo porta afora.

Michele o viu partir, a mente voltando para o que ele tinha dito momentos antes: que Rebecca não havia pego sua chave. Será que havia alguma esperança de que, em seu estado exacerbado de medo, Michele pudesse ter imaginado alguém arrancando a chave de seu pescoço? Talvez fosse simplesmente o caso de a corrente ter se soltado e caído, estando em algum lugar no chão? No fundo, Michele sabia que era improvável, mas precisava verificar. Ficando de quatro, vasculhou o assoalho, olhando sob o piano e as cadeiras. Mas não havia sinal nem da chave nem da corrente que a prendia.

Ficou paralisada no meio da sala de ensaio, o estômago retorcendo. A chave era *tudo*. Além de ser sua única defesa possível contra Rebecca, era o único método de viajar através do tempo. A chave era sua única conexão com o pai e também o poder que a havia levado até Philip. O que faria sem ela?

A Sociedade Temporal oferece inúmeros cargos para membros que querem seguir carreira dentro do nosso mundo. Um dos mais importantes é o de Detectores, cujo propósito é localizar viajantes do tempo não registrados. É uma tarefa fundamental, pois os viajantes do tempo que permanecem ocultos em geral são aqueles que ficam no passado ou no futuro tempo demais, correndo o risco de efetuar mudanças — e, com isso, causando danos consideráveis. Ao procurar viajantes do tempo ainda não detectados e apresentá-los a nossa sociedade, ganhamos membros valiosos que nos ajudam a proteger a Linha Temporal Natural. Eles, por sua vez, recebem riqueza em conhecimentos, poder, além de filiação a uma sociedade com a qual a maioria das pessoas pode apenas sonhar.

— MANUAL DA SOCIEDADE TEMPORAL

5

Michele foi direto para o quarto após o dia desastroso na escola, ainda abalada pela perda da chave. Sua mente rodopiava enquanto relembrava a aterrorizante aparição de Rebecca e os momentos de esperança e confusão com Philip; tanta coisa havia ocorrido ao mesmo tempo, que não conseguia concatenar direito os acontecimentos. Era doloroso o desejo de voltar para junto do Philip do século XX, para abrir-se com ele e ouvir suas respostas. A ideia de nunca mais poder encontrá-lo era insuportável, e Michele precisou se esforçar para afastá-la, e também o pavor que surgia com um nó em seu estômago.

Encolheu-se no sofá da sua sala de estar, olhando para os quadros que cobriam as paredes. Cada um dos retratos emoldurados exibia uma herdeira Windsor do passado, tendo sido pintados por ocasião da apresentação delas à sociedade, aos 16 anos, e iam de Clara Windsor, em 1910, a Marion, em 1991. Felizmente não havia um retrato de Rebecca. Michele ficou imaginando se os avós o teriam removido.

Michele sempre se sentia reconfortada pela pintura de sua mãe, ao olhar para o sorriso que resplandecia e os olhos que brilhavam através da tela. A voz distante de Marion ecoava na memória de Michele: *Conte suas bênçãos, não suas preocupações.*

— Se pelo menos você ainda estivesse aqui... — sussurrou para o retrato da mãe.

Michele sentiu uma pontada de tristeza ao pensar no plano que havia traçado na noite anterior para derrotar Rebecca. O primeiro passo teria sido descobrir cada detalhe sobre o relacionamento entre ela e Irving, para poder saber a real motivação de Rebecca. O passo final seria viajar no tempo, voltando ao momento em que ela e Irving haviam se tornado inimigos, mudando o passado e o desejo de vingança dela antes mesmo que começasse. Pensar em tudo o que poderia ter tido de volta se o plano tivesse sucesso encheu-a com tanto pesar que a simples ideia causava-lhe dor. Se tivesse conseguido bloquear o caminho traiçoeiro de Rebecca antes que ele chegasse a seus pais, poderia ter tido um pai e uma mãe — juntos e *vivos*. Mas agora, sem a chave... era tarde demais.

Michele ouviu baterem à porta.

— Pode entrar — respondeu, desanimada.

Seus avós entraram no aposento. Walter carregava uma enorme câmera de vídeo preta, que parecia ter saído de um filme dos anos 1980.

— Oi — saudou-os Michele, colocando um sorriso no rosto.

Já tinha decidido não contar nada sobre o roubo da chave. Sabendo que o estado mental de Dorothy estava por um fio, Michele temia que essa informação fosse demais para a avó. Também suspeitava que, se os avós soubessem que ela não tinha mais o poder e a proteção da chave, provavelmente a mandariam o mais longe possível de Manhattan, para que se escondesse. Por piores que as coisas estivessem, Michele *não podia* sair de Nova York. Não podia ir a lugar nenhum enquanto Rebecca estivesse atrás de sua família. Por seus pais, por seus avós e por *ela* própria, precisava dar um basta àquela luta, de uma vez por todas. Mas... como faria isso sem a chave, quando faltavam apenas quatro dias para que Rebecca assumisse sua forma humana plena?

— Como está indo, querida? — perguntou Dorothy, sentando-se no sofá ao lado dela.

— Estou bem. E vocês? O que vão fazer com essa câmera de vídeo antiga?

Os avós se entreolharam.

— Era de sua mãe — disse Dorothy.

O queixo de Michele caiu.

— Marion e Irving se conheceram num curso de fotografia. Eles adoravam tirar fotos e filmar curtas-metragens — explicou Walter, a lembrança trazendo-lhe um sorriso triste. — Irving parecia especialmente fascinado pela tecnologia. Os dois gostavam de usar a casa e os jardins como cenário para os curtas. — Ele respirou fundo. — Não tivemos coragem de tocar no quarto de Marion depois que ela se foi, mas, passado um ano, enfim deixamos a governanta entrar, e ela encontrou a filmadora. Tentamos mandá-la para ela, mas Marion devolvia todas as encomendas e cartas que lhe enviávamos, sem abrir. Irving já havia ido embora, e ela não falava mais conosco. Tinha uma fita dentro da câmera, mas nós... não conseguimos assisti-la. Teria sido doloroso demais.

Michele endireitou o corpo de supetão.

— Espere aí. Quer dizer que existe uma filmagem de meus pais juntos? E que eu posso *assistir* a esse filme? — Naquele momento, todo o medo e a frustração do dia se evaporaram. Ela não conseguia lembrar qual a última vez em que se sentira tão animada. — Vou poder *ver* meu pai como uma pessoa real, não como uma fotografia velha? E mamãe... vou poder ver mamãe de novo!

— Acho que devíamos ter lhe contado sobre isso antes — admitiu Dorothy. — Imaginávamos que seria difícil para você também. Mas, agora que você sabe de tudo, bem... achamos que seria o momento certo.

Michele estendeu a mão para a câmera com um sorriso hesitante.

— Poder ver meus pais juntos, mesmo que seja só em vídeo... Isso significa tudo para mim. Obrigada, valeu mesmo.

Walter abriu a pequena tela LCD da câmera antes de entregá-la.

— A fita é do começo dos anos 1990, e não temos os cabos certos para reproduzi-la em nenhuma das TVs daqui, mas você pode assisti-la direto na câmera. Eu carreguei a bateria enquanto você estava na escola, assim é só apertar o *play*.

Michele olhou para a câmera em suas mãos com reverência. Mesmo sem nunca tê-la visto até então, uma onda de nostalgia a invadiu enquanto segurava o aparelho antiquado.

Era claramente uma relíquia de tempos mais felizes, mais simples. Michele quase conseguia sentir a presença da mãe dentro da câmera; podia praticamente ver Marion percorrendo a Mansão Windsor enquanto olhava através das lentes, orgulhosamente fazendo os próprios filmes numa época em que filmes caseiros ainda eram novidade. Enquanto fitava a câmera, teve a impressão perturbadora de que o aparelho tinha algo a lhe contar.

— Não posso acreditar que estou prestes a ver meus pais — disse, assombrada. — Querem assistir comigo?

Seus avós balançaram a cabeça em uma negativa.

— Ainda é difícil demais para nós — sussurrou Walter. — Mas queremos que você assista. Você nunca viu seus pais juntos; merece isso.

— Obrigada. Não sei nem como agradecer — respondeu Michele, com entusiasmo.

Assim que os avós saíram, ela se acomodou no sofá, o coração batendo forte com a expectativa, enquanto apertava o *play*.

A fita começou com estática, e por um terrível instante Michele pensou que poderia não haver mais nada. Mas o visor de quatro polegadas iluminou-se com o lindo rosto da jovem Marion Windsor. Michele pousou a mão no peito, seu coração contorcendo-se com aquela visão.

— *Mamãe*.

Ela parecia muito jovem, quase mais jovem que Michele. O cabelo castanho-avermelhado estava preso num rabo de cavalo, ressaltando a exuberância de suas feições. Usava *jeans* e camiseta cor-de-rosa, e, quando falou, foi numa voz mais suave do que Michele já ouvira.

— É hora de ir — disse, empolgada, para a câmera. — Ele está esperando!

Marion virou a câmera para longe de si, filmando a Mansão Windsor enquanto saía do quarto em silêncio e descia a escadaria principal. A lanterna que segurava era a única iluminação para o vídeo.

— Tenho que ser bem silenciosa — sussurrou Marion para a câmera, enquanto cruzava o Saguão Principal e entrava num corredor escuro. — Mamãe e papai conseguem ouvir até um camundongo!

Em silêncio, ela abriu a porta para a biblioteca e se esgueirou para dentro. Michele observou, atônita, enquanto a jovem Marion ia na ponta dos pés até a estante de livros envidraçada, que ocupava a parede dos fundos do cômodo, e a empurrava com a palma da mão. A estante se abriu como uma porta, deixando um vão atrás de si.

— Ah, meu Deus! — exclamou Michele ao ver a cena. O que seria *aquilo*?

A câmera deu um *zoom* e se aproximou, e Michele viu que a passagem na parede era, na verdade, um túnel escuro com paredes de tijolos, alto o suficiente para uma pessoa ficar de pé. Marion seguiu por ele, decidida, a lanterna iluminando-lhe o caminho, até que apareceu um segundo facho de luz, e ela se deteve.

— *Baby!* — ela exclamou, a voz enchendo-se de entusiasmo.

Ele apareceu em meio à luz, e Michele arquejou. Era seu pai.

Irving Henry pegou suavemente a câmera e a pousou num parapeito, antes de puxar Marion para um abraço, sua lanterna caindo ao chão quando ele ergueu a jovem no ar. Os olhos de Michele encheram-se de lágrimas ao ver pela primeira vez os pais juntos. O amor que via na tela era tão poderoso, os pais tão intensos no que sentiam, que dava a impressão de estarem vivos de novo.

Michele olhou o pai assombrada, incapaz de acreditar que realmente o estava vendo, e não apenas olhando para uma fotografia antiga. Ele vestia a melhor versão do estilo da década de 1990: uma camiseta do Pearl Jam com *blue jeans* e tênis Converse. Mas Michele ainda podia detectar o jovem vitoriano que ele de fato era, desde sua postura correta até o tom antiquado da voz cálida ao murmurar o nome de Marion.

A pele dos braços de Michele se arrepiou enquanto ela assistia a seus pais na telinha, sussurrando e rindo juntos. Marion acomodou a cabeça no ombro de Irving enquanto ele passava o braço ao redor dela, de forma protetora. Michele jamais se cansaria de vê-los juntos. Enquanto contemplava o pai, ocorreu-lhe que ele era igualzinho a uma versão jovem do antigo astro de Hollywood, Paul Newman, desde o cabelo castanho-claro repartido de lado até os olhos azul-claros e o sorriso amplo.

É meu pai!, deslumbrou-se Michele. Até agora ela não havia admitido quanto tempo de sua vida tinha passado ansiando pelo pai. Sempre quisera saber qual seria a sensação de poder apresentar os amigos ao "papai"; saber que ele estaria ali para levantá-la quando caísse, para conduzi-la pela igreja quando ela se casasse.

— Só quero ter certeza de que você sabe no que está se metendo. — Michele ouviu as palavras ansiosas de Irving e sentou-se mais ereta, assistindo à cena com atenção.

— Claro que sei — Marion respondeu com firmeza. — Não preciso de nada disso. Nem do dinheiro, nem da mansão, nem de nada desta vida, se isso significa não poder estar com você.

— Mas, Marion, você ainda é tão jovem — Irving falou hesitante. — E se abandonar tudo e todos que sempre conheceu e acabar descobrindo que não gosta do que vê em mim?

— Outra vez isso, não — exclamou Marion, dando-lhe um empurrão de brincadeira. — Quantas vezes preciso dizer? Amo você do jeito que é. Nunca vou querer outra pessoa.

— Tem certeza? — ele perguntou em voz baixa. — Porque, se eu tivesse a chance, passaria cada minuto de cada dia com você.

— Também é tudo que eu quero — Marion afirmou, resoluta, e um sorriso passou-lhe pelo rosto. — Quando começar a pensar nessas bobagens, lembre-se de nossa música.

— Qual delas? — Irving sorriu. — Você declarou *todas* as músicas da MTV deste ano como "nossa música".

— Não... nossa música de verdade — disse Marion, e começou a cantar em sua voz terrível:

Don't go changing to try and please me. [Não tente mudar só para me agradar.]
You've never let me down before... [Você nunca me decepcionou antes...]

Irving riu e olhou-a com adoração enquanto ela dava um salto, fingindo se apresentar num palco em plena passagem secreta. A paixão desenfreada e sofrível da interpretação dela era algo delicioso e hilariante, e Michele chorou de tanto rir enquanto assistia à cantoria desafinada da mãe:

I need to know that you will always be [Preciso saber que você vai ser sempre]
The same old someone that I knew. [A mesma pessoa que conheci.]
What will it take till you believe in me [O que vou precisar fazer para que acredite em mim]
The way that I believe in you? [Do jeito que acredito em você?]

No fim da música, Irving estava nos braços dela, os dois dançando de forma cômica enquanto cantavam juntos a música de Billy Joel.

I just want someone that I can talk to. [Só quero alguém com quem possa conversar.]

I want you just the way you are. [Quero você exatamente do jeito que é.]

Eles terminaram a música às gargalhadas, Irving beijando o cabelo dela enquanto se abraçavam.

— Você é a melhor coisa que já vi neste mundo — ele disse, a voz repleta de carinho. — E pode acreditar: já fui bem longe.

— É... é uma viagem e tanto de sua casa no Bronx até Manhattan — brincou Marion, corando de felicidade.

Irving não respondeu, mas Michele sabia o que ele queria dizer. Em suas viagens no tempo, através de mais de cem anos, Marion Windsor causara a mais impactante de todas as impressões.

De repente, pontinhos brancos e pretos de estática encheram o visor. O coração de Michele apertou-se quando os pais desapareceram, o som de seu riso distante ecoando-lhe nos ouvidos. Havia sido uma bênção vê-los juntos, mesmo que apenas na fita de vídeo. Mas recordar que tanto a mãe quanto o pai já não existiam, que os três jamais poderiam ser uma família, trouxe uma dor atordoante. Então Michele pensou na passagem secreta mostrada no vídeo e sentiu uma pontada de esperança. Seus avós não deviam conhecê-la, ou Marion e Irving não teriam se arriscado a serem pegos lá no meio da noite. E se os pais tivessem, sem querer, deixado mais pistas para ela?

Michele saltou do sofá, pegou a lanterninha que mantinha sob a cama e correu escadas abaixo, até a biblioteca. Com o coração batendo forte, foi até a grande estante envidraçada repleta de livros. Sentiu um medo súbito de que os avós de algum modo tivessem descoberto a passagem secreta e a tivessem trancado.

Por favor, que ela ainda esteja aqui, implorou Michele. Prendendo a respiração, pressionou o vidro, da mesma forma como havia visto Marion fazer no vídeo... e a estante se abriu.

Michele cobriu a boca com a mão ao ver o túnel escuro de pedra materializar-se bem diante de seus olhos. Seu corpo tremia com uma ansiedade nervosa, enquanto entrava lentamente. De imediato, sentiu o cheiro de uma colônia masculina... um aroma clássico. Algo que poderia ter sido usado no século XIX.

— Papai? — sussurrou, ousando ter esperança. — Você está aí?

Seguindo adiante pelo túnel, ligou a lanterna pouco antes que a escuridão a envolvesse por completo. O estreito facho de luz não era muito potente, e ela tateou as paredes de tijolos, usando a mão para guiá-la.

— Papai, pode me ouvir? — ela chamou num tom desesperado, sentindo-se ligeiramente ridícula.

Depois do que parecia ter sido quase um quilômetro, Michele percebeu que havia chegado ao fim da linha, marcado por uma pequena porta de madeira. Logo a seguir, viu-se olhando para cima e avistando o céu, respirando o ar da tarde. Mantendo a porta aberta para poder voltar à passagem, esticou o pescoço e viu que estava abaixo do nível do solo, onde ficava o gramado dos fundos dos Windsor. *Quem iria construir uma passagem como esta?*, perguntou-se ao voltar para dentro. Com o coração pesado, percorreu o caminho de volta à biblioteca, sentindo-se mais solitária do que nunca sem a presença animada e afetuosa dos pais.

De repente, Michele tropeçou em algo. Apoiando-se nas paredes para não cair, apontou a lanterna para o chão e ficou paralisada.

Havia uma caixa caída a seus pés. Uma caixa com o nome de Marion escrito nela com letras rebuscadas.

Todo o corpo de Michele se arrepiou enquanto se ajoelhava. Ela sabia, mesmo antes de abrir a caixa, que era de seu pai. Com mãos trêmulas, ergueu a tampa e encontrou dentro dela três livros com encadernação de couro, com uma folha de papel amarelado manuscrita em cima. A escrita era tão antiga e desbotada, que Michele precisou apertar os olhos e erguer o papel bem perto da luz da lanterna para poder ler.

Minha querida Marion,

Fiquei a sua espera por vinte terríveis dias, desde o instante em que fui forçado a retornar a um mundo que já não suporto mais habitar. Sou incapaz de fazer outra coisa senão olhar para a porta, esperando ver você entrar correndo, e cada momento que passa sem que isso ocorra é um momento em que amaldiçoo a mim mesmo pela decisão que tomei. Vivo com medo de passar toda uma vida sem você.

Vejo agora que cometi um erro terrível ao não confiar em você. Eu tinha certeza de que, quando você encontrasse a chave, seria trazida para cá, para mim — e agora temo que estivesse equivocado; que não tenha mais como entrar em contato com você. Minha única esperança é que retorne para cá, para nosso lugar secreto, e encontre as respostas que deixei. Rezo todo dia para que você o faça, e, uma vez que tiver lido minha história, talvez me perdoe.

Não lhe escondo nada agora. Aqui você vai descobrir aquilo que eu deveria ter-lhe contado sobre mim desde o início. Sei que será um choque, e peço perdão. Devia ter preparado você para isso. Por favor, acredite em mim quando digo que tudo o que fiz, certo ou errado, foi para protegê-la e mantê-la a salvo.

Eu te amo, para todo o sempre.

Irving Henry

Quando Michele chegou ao final da carta, as lágrimas toldavam sua visão. Seu pai jamais havia imaginado que Marion culparia os pais pelo desaparecimento dele, e que se recusaria a voltar para casa. Ela o imaginou passando o resto da vida em agonia, conjecturando e esperando por ela. *Se mamãe ao menos tivesse visto isto*, pensou, a garganta apertada de angústia.

Colocou de lado a carta e voltou a atenção para o conteúdo da caixa. O primeiro item que tirou de dentro dela foi um volume com encadernação de couro, sem título. Cheia de curiosidade, abriu-o na página de rosto. *Manual da Sociedade Temporal?*

Mas o que é a Sociedade Temporal? Passou para a página seguinte, que estava em branco, exceto pelo esboço de uma coroa circundando um relógio.

No fundo da caixa havia dois diários com o nome de Irving escrito, o primeiro datado de 1887-1888 e o segundo, de 1991-1993. Qualquer um que olhasse os dois diários acharia se tratar de uma brincadeira, pois jamais poderiam ter pertencido à mesma pessoa. Mas Michele sabia a verdade.

1888 — foi a última vez em que Irving e Rebecca foram fotografados juntos, Michele recordou, rapidamente pegando o diário de 1887-1888. Precisava descobrir tudo o que pudesse... antes que fosse tarde demais.

6

DIÁRIO DE IRVING HENRY
24 de dezembro de 1887 — cidade de Nova York

Chego à Grand Central Depot em meio ao caos do Natal, observando carregadores de luvas brancas acorrerem até damas e cavalheiros abastados da primeira classe, ansiosos por ajudarem com seus baús e valises adornados com monogramas. Ninguém me dá a mínima atenção, mas isso não me surpreende; estou acostumado a desaparecer na paisagem. Como filho de mordomo, cresci sabendo que meu papel na vida é insignificante.

Pego-me assoviando *Ó, Susana* ao percorrer o terminal, atravessando a multidão de homens e mulheres que se dirigem apressados às diferentes plataformas de trem. As longas saias das damas varrem o piso diante de mim, enquanto crianças com suas melhores roupas de Natal esforçam-se para acompanhá-las, segurando a mão das babás. A cada tanto vejo um estudante como eu correndo para embarcar e faço uma saudação com o chapéu a um deles, cujo colete traz o emblema de minha universidade: Cornell.

Ao abrir a porta que dá para a rua Quarenta e Dois, preparo-me para o frio. De fato, há um vento cortante de dezembro, e flocos de neve caem do céu crepuscular. Carruagens de aluguel e bondes puxados a cavalo estão parados do lado de fora, e embarco no primeiro que está livre.

— Feliz Natal! Quinta Avenida, 790, por favor.

— Você tem certeza desse endereço, garoto? — pergunta o condutor, cético.

— Claro que tenho — respondo, engolindo a irritação familiar ante a evidente surpresa que as pessoas sempre expressam quando ficam sabendo que conheço pessoalmente os Windsor.

— Se é o que está dizendo...

O condutor estala o chicote e partimos! Agarro-me à maçaneta interna da porta para evitar ser jogado de um lado a outro no assento da carruagem, enquanto o cavalo parte num trote ligeiro sobre as pedras do calçamento.

Seguimos para o norte, e não posso evitar um sorriso ao passarmos diante das casas geminadas de pedra marrom, uma após a outra, com suas luzes acesas, e pinheiros e abetos decorados brilhando através das janelas. À medida que nos aproximamos da Quinta Avenida, as ruas ficam congestionadas com carroças puxadas a cavalo, carruagens e diligências, além de pedestres em roupas de festa. Por fim, vejo a majestosa construção gótica da catedral de São Patrício, e sei que estamos quase chegando. Mas naquele momento minha visão fica enevoada. Pestanejo algumas vezes e então arregalo os olhos.

Estou olhando para uma Nova York irreconhecível, insondável. Embora ainda esteja na carruagem puxada a cavalo, ainda observando São Patrício pela janela, a igreja agora tem duas magníficas torres onde um momento antes não havia nenhuma! Edifícios se erguem a alturas incríveis, como se tentassem alcançar o céu. As ruas são de concreto liso, não de pedra, e os veículos que circulam por elas movem-se por *si próprios* — não há cavalos puxando-os, tampouco necessitam de cabos ou trilhos por onde correrem! Tais veículos são diferentes de qualquer coisa que eu já tenha imaginado. Ao mesmo tempo, a exclusiva e residencial Quinta Avenida transformou-se, quadra após quadra, em lojas e edifícios comerciais que não me são familiares. O mais chocante de tudo são as pessoas, em especial as jovens mulheres. Elas andam pelas ruas desacompanhadas, e inclusive usam *calças*!

Cerro os olhos com força. Quando enfim os abro, a cena volta ao normal, e dou um suspiro de alívio. Tenho sido atormentado por essas visões desde que era um garotinho. Em vez de apenas ver uma vila ou cidade como ela é, de algum modo posso ver como ela *será*. Nunca contei a ninguém sobre as visões, nem mesmo a meu pai, quando ele ainda estava vivo. Tinha muito medo de que ele me considerasse louco. Mas devo admitir que há momentos em que na verdade *desejo* que as visões enlouquecedoras venham e me mostrem mais um vislumbre do futuro. Sinto que estou destinado a ser um descobridor, um cientista, e minha queixa mais frequente é que eu tenha nascido cedo demais. Minha existência tem se dado numa época muito primitiva — não suporto a ideia de ser deixado para trás com os outros fantasmas do século XIX, perdendo todos os incríveis avanços e invenções que pressinto estarem logo ali na frente.

Instantes depois, chegamos à Millionaires' Row, o trecho da Quinta Avenida onde casarões descomunais competem entre si. Não posso evitar uma risada forte ante algumas das mansões, de horrenda concepção, numa profusão de estilos arquitetônicos, claramente construídas com o único propósito de impressionar o espectador, e não de se constituírem num lar confortável. "Elefantes brancos", lembro-me de meu colega de escola Frederick chamar essas mansões ostentosas.

Mas, quando a carruagem de aluguel se detém na Quinta Avenida com a rua Cinquenta e Nove, diante de um par de majestosos portões de ferro trabalhado, vejo-me sem palavras. Não consigo pensar num único comentário de desaprovação quando vislumbro pela primeira vez o novo lar dos Windsor, que ocupa um quarteirão inteiro! Gostaria que meu pai estivesse vivo para ver isso.

Vejo dois criados que reconheço, usando trajes barrocos do século XVIII e perucas empoadas, postados do lado de dentro dos portões. Pagando rapidamente pela corrida, salto da carruagem para saudá-los.

— Que bom ver vocês, rapazes! — Corro na direção deles, sorrindo.

— Bem-vindo, Irving. — O criado mais velho, Oliver, sorri em aprovação enquanto examina minha aparência. — A universidade fez bem a você. Está parecendo muito saudável.

— A senhorita Rebecca vai gostar *muito* de vê-lo — provoca Lucas, o criado da mesma idade que eu, meu melhor amigo antes que eu fosse embora estudar.

Balanço a cabeça numa negativa, pronto para retrucar, quando uma carruagem formal detém-se à entrada. Olho para os dois, sem jeito. Normalmente, estaria ali com eles, em trajes idênticos, um par de mãos extra para ajudar a receber os convidados. Mas hoje, pela primeira vez, sou um convidado, e isso me dá a sensação estranha de estar deslocado.

— Vá dar uma boa olhada na casa. É algo incrível — Oliver me diz, entusiasmado, antes que ele e Lucas voltem a suas tarefas.

Atravesso a propriedade como num sonho, contemplando a mansão de mármore branco. A estrutura de quatro andares lembra as pinturas que estudei na universidade, representando os *palazzi* do Renascimento italiano, e por um momento imagino que eu, Irving Henry, estou na Europa! *Loggias*, sacadas e janelas em arco decoram o exterior da mansão, enquanto altas colunas brancas emolduram a entrada principal. Percorrendo o gramado e o jardim de rosas que levam às portas da frente, percebo, sem nem precisar entrar, que é a mais bela casa que os Windsor já construíram.

Meu primeiro instinto é procurar a entrada de serviço, até lembrar-me da insistência de Rebecca em que sou seu convidado para as festas, e que "não seria apropriado" para mim confraternizar com os empregados nesta semana. Mal posso imaginar como ela conseguiu que seus pais me convidassem, embora suponha que eles vejam isso como um gesto caridoso para com o filho do mordomo que os serviu fielmente até a morte. E, claro, sei que o dinheiro me tornou uma figura de certo interesse. Certamente não é todo dia que um mordomo morre deixando economias suficientes para enviar o filho, agora órfão, para a escola preparatória e a universidade.

Subo os degraus hesitante, imaginando se ainda haveria tempo para procurar a porta para as dependências de serviço. Mas, antes que tenha a chance de me retirar, as portas da frente se abrem e o novo mordomo, Rupert, está diante de mim.

— Irving! Ora, se não é o melhor presente de Natal ter você de volta! — ele diz, feliz.

Abraço-o com afeto. É difícil ver outra pessoa no cargo que sempre foi de meu pai, mas Rupert é como um padrinho para mim. Ele é o principal responsável pela mudança relativa à minha situação. Depois que meu pai morreu de um ataque cardíaco, quando eu tinha 13 anos, Rupert — então o valete do senhor Windsor — conduziu-me ao andar de cima para ver o patrão, levando junto uma cópia do testamento mais recente de meu pai, escrito dois anos antes. O senhor Windsor leu o documento várias vezes, apertando os olhos, incrédulo.

— Como, pelos céus, ele juntou tanto dinheiro? — quis saber.

— Byron economizou todo o salário, senhor, durante todos os anos em que esteve aqui — explicou Rupert, a voz falhando ao falar de meu pai, seu amigo. — Eu o conhecia bem, e ele raramente gastava um centavo, tendo investido tudo no banco. Ele me contou que estava economizando para que Irving fosse para a universidade. Queria que seu filho fosse um cavalheiro.

O senhor Windsor ficou em silêncio por um instante e então virou-se para mim com um olhar sério.

— Vou levá-lo até o banco amanhã, Irving. Depois de verificarmos os fundos, vou matriculá-lo num bom internato. Não há menção a nenhum familiar no testamento, e assim você pode voltar para cá, nas férias de verão e de inverno, durante o tempo em que estiver na escola. Pode ajudar os criados em suas tarefas, em troca de hospedagem e alimentação.

Concordei com a cabeça, grato, embora não fosse capaz, aos 13 anos, de compreender o que significaria para mim aquela rápida mudança de circunstâncias.

O parágrafo final do testamento era algo que nenhum de nós havia entendido. "Tão importante quanto os fundos para a educação universitária de Irving, senão mais, é a chave que deixo para ele, uma herança de família que era muito preciosa para mim, e que o será para ele também. Por favor, guarde-a por toda a vida, passando-a a um de seus filhos quando for o momento."

Mas nenhum de nós jamais encontrou a chave, nem mesmo após vasculhar e esvaziar o quarto de meu pai e sua caixa de depósito no banco. Nunca tinha ouvido meu pai mencionar nenhuma chave, e perguntei-me se aquela parte do testamento era algum tipo de metáfora, uma mensagem simbólica que ainda precisasse compreender. Penso nisso com frequência. As palavras de seu testamento soavam tão urgentes; como poderia o significado por trás delas ser tão obscuro?

Forço minha mente de volta ao presente.

— É ótimo ver você, Rupert. Esta nova casa é... — chacoalho a cabeça, incapaz de encontrar as palavras.

Rupert sorri.

— Espere só; você ainda não viu nada. Deixe-me levá-lo a seu quarto. — Ele toma de mim minha mala e, quando começo a protestar, ergue a mão com firmeza. — A senhorita quer que seja tratado como um convidado desta vez, e assim será.

Sigo obediente atrás de Rupert até o vestíbulo da entrada principal, e isso é suficiente para me fazer estacar, paralisado.

— É um palácio! — exclamo, andando ao redor do pátio interno, que é decorado com colunas de mármore, tapetes exuberantes, lustres ofuscantes e cortinados de seda.

Uma árvore de Natal de três metros de altura ergue-se em todo o seu esplendor no centro do salão, adornada com centenas de luzes e enfeites encantadores. Enquanto inspiro seu aroma de pinho, também ergo os olhos e vejo as galerias do segundo e do primeiro andares, com suas balaustradas de bronze e pilares de mármore.

— Um palácio é uma descrição muito adequada — concorda Rupert. — Este aposento é chamado de Saguão Principal. É a área principal de recepção da casa.

Ele me conduz até a ampla escadaria de mármore e subimos dois lances, chegando aos quartos do terceiro andar. Um balcão de madeira escura dá vista para os andares inferiores, e detenho-me para olhar para baixo, para a árvore de Natal no Saguão Principal, antes de seguir Rupert até meu quarto de hóspede.

— Os quartos da família ficam para a esquerda, e para a direita estão os quartos de hóspedes — indica Rupert.

Seguimos por um longo corredor de tapete vermelho, até que enfim paramos diante de uma porta branca.

— Estas são suas acomodações.

Entro, e por um instante fico abismado demais para falar. É o quarto mais bonito onde já estive, com um tapete colorido preenchendo um vasto espaço, uma cama dupla que parece mais confortável do que qualquer outra onde já tenha dormido, uma cômoda de madeira, uma mesa de cabeceira com a própria lâmpada a gás, duas poltronas estofadas e peças de arte variadas.

— Nunca pensei que ficaria num quarto como este — admito. — Que Rebecca seja abençoada por sua bondade.

— Não sei se alguém poderia chamar a senhorita Rebecca de bondosa — responde Rupert no tom mais seco que já ouvi vindo dele.

Levanto os olhos para ele, espantado.

— Que foi? O que Rebecca fez?

Rupert parece arrependido de seu comentário impulsivo.

— Ela trata mal os outros empregados — diz ele, hesitante. — É estranho, porque ela sempre gostou tanto de você. Se bem que a criada das senhoras já mencionou algumas vezes que seu rosto poderia compensar qualquer coisa, até mesmo sua origem numa classe mais baixa.

Ele ri, e chacoalho a cabeça, envergonhado.

Poucos minutos depois de Rupert deixar o quarto, ouço o ruído da maçaneta girando. Olho para a porta e vejo minha mais antiga amiga, Rebecca Windsor, irromper no aposento, fitando-me com a expressão ansiosa de um animal que encontrou sua presa. Pego-me dando um passo para trás enquanto tiro o chapéu para ela.

— Feliz Natal, Rebecca! Que prazer ver você. Mas se alguém a vir aqui em meu quarto...

— *Eu* não me importo que vejam. — Ela faz um pequeno rodopio pelo quarto. — O que você acha?

— É fantástico! — respondo, entusiasmado. — Acabei de dizer a Rupert que é como um palácio. Você deve adorar viver aqui.

— Não estava falando da *casa* — diz Rebecca com desprezo. — Quis dizer: o que você acha disto? — Ela aponta para si mesma. Trajava um vestido de veludo cor de cereja, com uma grande anquinha.

Luto para ter algo a dizer. A verdade é que Rebecca nunca foi agradável de se ver, da palidez de seu rosto severo às feições duras sob as densas sobrancelhas escuras, além dos cabelos negros, que sempre pareceram serpentes. A maioria das pessoas que conheço acha que Rebecca mete medo, com sua aparência severa e temperamento áspero. Sou uma das poucas pessoas que não se intimidam com ela.

Eu era apenas um bebê, e morava com meus pais nas acomodações dos empregados da casa de Rebecca, quando ela nasceu. Estava lá quando ela deu seus primeiros passos, e, para espanto geral dos Windsor e dos empregados, ela escolheu a mim para ser seu único amigo quando éramos crianças. Brincávamos juntos, e então atravessamos a adolescência, sempre separados pela respectiva posição social — embora Rebecca nunca me tenha feito sentir insignificante por ser filho do mordomo. Em vez disso, era possessiva com relação a mim, e nunca pude evitar sentir-me lisonjeado por sua atenção.

— E então? — ela insiste, querendo um elogio.

— Você está adorável — minto. — Esse vestido lhe cai muito bem.

Ela dá um sorriso irônico, apertando minha mão.

— Tenho algo bem incrível para lhe contar — sussurra. — É um segredo. Provavelmente será a *única* pessoa a quem contarei isso. É o melhor segredo que já tive.

Sinto meu interesse despertar.

— Então me conte.

— Ainda não. Os convidados do jantar vão chegar a qualquer momento. Acho que vou lhe contar depois da festa — diz ela com um sorriso misterioso.

As comemorações da véspera de Natal se estendem noite adentro, e quase me esqueço do grande segredo de Rebecca, enquanto participo do meu primeiro jantar como convidado dos Windsor. É um evento pequeno, que reúne a família e amigos próximos, mas ainda assim há um batalhão de empregados por toda a mansão, a postos para servir os convidados. O senhor e a senhora Windsor, Rebecca e seu irmão mais velho, George, são como a família real cumprimentando seus súditos, postados junto à árvore de Natal no Saguão Principal, recebendo cada convidado que, a seguir, dirige-se para a sala de estar. Rupert anuncia os nomes em voz alta antes que as pessoas se aproximem dos Windsor, e quando diz "senhor Irving Henry" sinto meu rosto em brasa.

A sala de estar parece um templo em homenagem à exuberância, desde as flores perfumadas que estão por toda parte até os vestidos exagerados e joias excessivas que adornam as mulheres, sem falar nos extravagantes relógios dourados que os homens carregam em suas algibeiras. Fico sozinho a um canto, sentindo-me pouco à vontade e deslocado, enquanto observo meus amigos criados servindo bebidas. Depois de meia hora, Rupert chega e posta-se, imponente, à porta.

— Madame, o jantar de véspera de Natal está servido!

Tomo o braço de Rebecca e seguimos em procissão para a sala de jantar, logo atrás de George e sua noiva, Henrietta.

— Ela não é uma bruxa horrorosa? — sussurra Rebecca em meu ouvido enquanto caminhamos atrás dos dois. Estremeço, torcendo para que não tenham escutado as palavras dela.

A refeição é um banquete com vários pratos, começando com ostras, seguidas por sopa de tartaruga, depois robalo em um espesso molho de creme, além de um peru de Natal recheado com trufas. Um ponche de champanhe é servido para limpar o paladar antes da próxima rodada de pratos: pato-selvagem e uma salada mista de alface. O prato final é a sobremesa, um saboroso bolo de Natal, seguido de *petit-fours* e bandejas de queijos e frutas. Só consigo comer algumas garfadas de cada prato, nunca tendo comido assim em minha vida, e noto que quase todos os demais também deixam os pratos pela metade. De repente me sinto mal ao pensar em toda a comida que vai ser jogada fora no final da noite.

Escuto com interesse as conversas durante o jantar, atento para fragmentos de informação vindos dos membros da família, que são titãs do mercado imobiliário. Mas as conversas são leves e descontraídas, com os Windsor e os convidados discutindo principalmente sobre iates, cavalos e casas. Pego-me ansiando pela companhia dos empregados, no subsolo da casa — sei que as conversas serão muito mais animadas lá!

Enquanto observo os criados trazendo pratos que não terminam nunca, e ouço as conversas à mesa, minha mente analisa a maneira como as pessoas em nossa era dourada acham que riqueza é sinônimo de liberdade. Mas, neste mundo, os mais ricos são os que mais encontram-se presos — como Rebecca, que sei estar sob pressão para encontrar algum tipo de duque ou conde com quem se casar. Em nossos dias, os ricos dos Estados Unidos estão aprisionados por suas regras e rituais, escondendo-se atrás dos monarcas europeus que tão desesperadamente copiam, em vez de forjarem a própria identidade. Pergunto-me se as coisas continuarão assim nas décadas vindouras.

Por fim, o término da refeição é assinalado pela chegada do café e de água com gás. A senhora Windsor conduz as damas para a sala de estar, enquanto os homens continuam ao redor da mesa para fumar charutos e bebericar conhaque. Os homens e as mulheres voltam a se juntar para um recital particular de árias do *Messias* de Handel, a fim de fechar a noite. Enfim, quando o último convidado parte, e os Windsor já estão na cama, Rebecca entra em meu quarto para revelar seu segredo.

Estou sentado numa poltrona diante de Rebecca, incapaz de crer nas palavras que ouço de minha amiga.

— Irving, estou falando sério — ela diz em voz baixa e excitada. — Posso viajar para o futuro! Não sei como aconteceu. Devo ter sido *escolhida* para ter esse poder. — Sua boca curva-se num sorriso presunçoso. — Já fiz isso duas vezes, e tenho tanto a lhe contar. Nova York no futuro, ah... é ainda melhor do que todos aqueles seus professores indigestos predizem!

— Rebecca, temo que isto seja um pouco demais para acreditar — digo com suavidade. E pensar que *eu* é que temia ser chamado de louco.

— Sabia que ia dizer isso — diz Rebecca em tom de pouco-caso. — Fique olhando.

Ela ergue a mão, pressionando-a contra a gola alta do vestido, e murmura algo inaudível. De repente, o corpo dela *paira acima da sala*.

Sufoco um grito, olhando-a em completo choque enquanto ela rodopia como um tornado... e então desaparece.

— Rebecca! — sussurro, aterrorizado. *O que* ela se tornou?

Minha mente de repente volta dez anos no passado, desenterrando uma lembrança sobre a qual havia anos não pensava: aquele curioso dia no parque em que nós dois vimos a Menina Que Sumiu. Rebecca seria como ela? Ela retorna instantaneamente, sorrindo triunfante. Suas mãos, vazias antes do desaparecimento, agora seguram um pedaço de papel.

— E então? Agora acredita em mim? Acabo de passar dois minutos neste mesmo quarto, no ano de 1900.

Cambaleio para trás, chocado, sem saber se Rebecca é a afortunada viajante do tempo que afirma ser... ou algum tipo de demônio. Ela parece ler o medo em minha face e revira os olhos, antes de me passar o pedaço de papel. Eu o desdobro e vejo que é um fragmento rasgado de um calendário. Um calendário datado de 1900.

Olho para ela num silêncio atônito. Esta conversa abalou minha visão de mundo; abriu possibilidades infinitas, e agora sinto a primeira chama de inveja, o desejo súbito e avassalador de ter o que ela tem. Sei, neste momento, que nunca mais serei o mesmo de novo. Que de agora em diante darei qualquer coisa para compartilhar com ela aquele poder. *Eu* sou o acadêmico, aquele que é fascinado pelo futuro. Sei que não é gentil de minha parte, mas tudo em que posso pensar é: *deveria ter sido eu, não ela.*

— Leve-me com você — imploro. — Você sabe quanto anseio por ver o futuro. Por favor, leve-me com você.

Rebecca me olha com uma expressão satisfeita. Sei que está saboreando aquele momento: a primeira vez que lhe imploro algo. Rebecca sempre teve fome de poder, com seu lugar na sociedade alimentando essa obsessão. Como uma das herdeiras mais proeminentes dos Estados Unidos, ela tem todos os pré-requisitos do poder, mas, sendo uma mulher jovem de nosso tempo, significa que vai ser sempre governada por outra pessoa, sejam seus pais ou o futuro marido. E, assim, ela saboreia qualquer oportunidade de ter outras pessoas sob seu poder, para mostrar ao mundo que *ela* está no controle.

— Não sei se posso — responde, lenta e deliberadamente. — Não tenho certeza de que é assim que funciona. Mas, se funcionar, eu só levaria você de uma forma. Como meu marido.

Quase solto uma risada. Ela só pode estar brincando. Mas, ao ver sua expressão séria e os olhos famintos, percebo, alarmado, que não é brincadeira.

— Mas, Rebecca, você não pode achar de verdade que seus pais vão permitir que eu me case com você — afirmo, tentando dissuadi-la daquela ideia tola. — Ver você com qualquer um aquém de um barão mataria sua mãe.

— Não preciso mais da permissão de meus pais, nem de nada mais vindo deles — Rebecca devolveu. — Estive no futuro, e posso voltar lá de novo e outra vez, para descobrir invenções e segredos bancários que posso trazer aqui para o nosso tempo. Posso ganhar uma fortuna para nós, e seremos ricos e independentes, sem precisarmos sequer ter alguma ligação com os Windsor.

— O que está dizendo, Rebecca? — Olho para ela, horrorizado. — Quer renegar sua família *e* ganhar a vida de maneira desonesta?

— Só se for necessário — responde ela, dando de ombros.

Faço que não com a cabeça, desgostoso.

— Por que eu? Por que fazer tudo isso para estar comigo, quando poderia ser muito mais fácil com alguém de sua própria classe social?

— Porque você é o único que me entende, que não tentaria me controlar — Rebecca responde com franqueza. — E sempre gostei de você, desde que éramos crianças. Você é a única pessoa que sempre quis ter.

E, de repente, a herdeira viajante do tempo aproxima-se do filho classe média do mordomo e... de modo ousado, me beija nos lábios. Meu coração se oprime ao perceber que estou encurralado. Não tenho grandes sentimentos românticos por Rebecca, e a sensação de seus lábios nos meus me causa um estremecimento. No entanto, a amizade dela com certeza transformou minha infância na ala dos empregados numa experiência muito mais vibrante. Lembro-me sobretudo de sua bondade quando meu pai morreu, a maneira como ela compartilhou todos os seus jogos mais novos, num esforço para me distrair de minha tristeza; a forma como convenceu os pais a deixá-la vestir-se com roupas negras de luto por um mês inteiro após a morte dele. Há coisas muito piores do que ser casado com minha amiga, e ser capaz de viajar ou talvez até *viver* numa Nova York futura e evoluída faz dessa barganha algo que vale a pena.

— Tudo bem — concordo. — Se você tem certeza... Mas não quero levar uma vida desonesta. O casamento terá que esperar até que eu termine a universidade e comece a trabalhar.

Rebecca exibe os dentes num sorriso amplo e puxa-me para mais perto. Só mais tarde, naquela noite, enquanto luto para adormecer, me dou conta. Fui *subornado* para lhe pedir a mão. Sei que não deveria confiar nela, mas não consigo resistir a fazer o que ela quer. Ela me confunde e me fascina, e, embora meu orgulho chegue a se arrepiar ante tal ideia, quero ser como ela. Quero o poder que ela carrega. A capacidade de fazer o impossível.

Os Enraizados são os seres humanos que não conseguem viajar através do tempo. Noventa e cinco por cento da população entra nessa categoria, por sorte sem saberem do poder e das capacidades que para sempre estarão fora de seu alcance. Portanto, nós, Guardiões do Tempo, nunca contamos aos Enraizados o nosso segredo. Nada de bom pode resultar se o fizermos — haverá apenas inveja, ressentimento e o desejo de expor nossa sociedade.

Exige-se de um Guardião do Tempo que mantenha sua capacidade de viagem no tempo oculta da própria família, esperando para revelar esse dom apenas ao herdeiro da chave, pouco antes de partir deste mundo físico. Pode parecer solitário manter semelhante segredo durante toda a vida, mas saiba disto: enquanto fizer parte da Sociedade Temporal, jamais estará sozinho. Você estará rodeado por pessoas iguais a você — aqueles que o entendem de um modo que ninguém mais conseguirá entender.

— MANUAL DA SOCIEDADE TEMPORAL

7

As badaladas do grande relógio carrilhão próximo dali trouxe de súbito a mente de Michele de volta ao século XXI. Ela ficou ali sentada, imóvel, por um longo momento, os pensamentos repletos de imagens de Irving e Rebecca adolescentes, em sua véspera de Natal no século XIX. Baixou os olhos para o diário, com uma estranha sensação de traição, sabendo que seu pai havia ficado noivo de outra jovem da família antes de sua mãe... alguém tão perverso como era Rebecca.

Abriu a estante e olhou para fora, a fim de consultar as horas, e colocou-se de pé às pressas ao ver que eram seis da tarde. Walter e Dorothy deviam estar à sua espera para o jantar. Recolhendo nos braços os diários de Irving, ia sair pela passagem, mas teve, de repente, a sensação curiosa de que a caixa com os segredos dele deveria permanecer no túnel. Os diários haviam sobrevivido todo aquele tempo ali na passagem secreta... Talvez fosse o melhor esconderijo, mais seguro ainda que o quarto de Michele. E se, ao remover os diários, eles não estivessem ali quando Irving viesse checar este tempo atual? Michele não suportaria dar-lhe a esperança de que Marion enfim os tivesse encontrado. Com relutância, guardou de novo a carta e os diários na caixa, antes de fechar a passagem.

Enquanto ia da biblioteca à sala de jantar, a mente consumida por tudo o que acabava de ler, Michele teve um pensamento tão surpreendente que quase tropeçou nos próprios pés. Se tudo tivesse corrido de acordo com os planos do pai; se tivesse sido Marion a encontrar os diários dele e a usar a chave... *então ela teria nascido no século XIX*. De certa forma, seu nascimento em 1994 era um equívoco... uma falha.

Ainda se recuperava dessa descoberta quando se juntou a Walter e Dorothy à mesa de jantar. O primeiro prato, com uma quantidade generosa de salada, já estava servido, mas Michele não sabia se era capaz de comer o que quer que fosse depois do dia que tivera.

— Como foi? — perguntou Dorothy quando ela se sentou.

Por um instante, Michele ficou paralisada, imaginando se, de algum modo, eles teriam descoberto sobre a passagem e os diários, até que se lembrou do vídeo.

— Foi tão surreal e incrível vê-los. — Michele sorriu com a lembrança. — Nunca pensei que teria essa chance. Estavam tão felizes e eram tão carinhosos um com o outro, cantando e rindo. Quero me lembrar deles sempre daquele jeito.

— Creio que deva estar pensando o pior sobre nós — disse Walter, hesitante. — Pois fomos nós que os separamos.

— Não. Posso ter achado isso antes, mas já não acho mais. Foi Rebecca quem os separou. Tenho certeza, ainda mais depois de ver o vídeo, que meu pai voltou para o próprio tempo a fim de proteger mamãe de Rebecca. Talvez soubesse que ela estaria em perigo enquanto ele estivesse por perto. — Michele estendeu as mãos para tocar as dos avós, do outro lado da mesa. — Não foi culpa de vocês.

Walter apertou-lhe a mão, grato, enquanto Dorothy piscou algumas vezes, contendo as lágrimas.

— Nunca percebi... há quanto tempo precisava ouvir essas palavras... Que não foi nossa culpa — ela murmurou.

— Sei que mamãe concordaria — disse Michele com sinceridade. — Ninguém poderia ter imaginado a verdade, mas sei que, se ela estivesse aqui hoje, teria perdoado vocês. E lamentaria tantos anos perdidos.

— Quando soubemos que ela nos tinha nomeado como tutores, pensamos que talvez ela houvesse nos perdoado — murmurou Walter.

— Talvez — Michele concordou. — Acho que ela percebeu que as coisas não eram como tinha pensado.

Os três ficaram em silêncio, cada um perdido nos próprios pensamentos. Michele perguntou-se se deveria contar aos avós sobre a passagem e os diários — eles partilhavam tanta coisa com ela agora, enquanto ela reunira várias confidências que mantinha em segredo. Mas então recordou-se das palavras de Irving em sua carta: "... nosso lugar secreto". Era evidente que não queriam que os pais de Marion soubessem sobre a passagem, e Irving nunca tivera a intenção de que eles lessem seus diários. Michele sentiu despertar em si um ímpeto de lealdade ao pai. Sabia que não devia compartilhar os segredos dele.

— Ainda tem certeza de que quer ficar em Nova York? — Dorothy perguntou de repente, uma ruga de ansiedade aparecendo entre suas sobrancelhas. — Chegou a pensar em nossa sugestão de se afastar?

Walter pigarreou.

— O que Dorothy quis dizer é que entendemos que você queira lidar com isso a seu modo, mas... você só tem mais quatro dias, e não parece ter plano algum. Se escondermos você, ao menos teremos certo controle quanto a mantê-la a salvo.

Agora Michele estava *realmente* feliz por não ter contado a eles sobre o roubo da chave. Jamais teriam deixado que se afastasse da vista deles.

— Eu tenho um plano, sim. Ele consiste apenas em descobrir o máximo que possa sobre meu pai e Rebecca — disse-lhes Michele. *E, claro, conseguir minha chave de volta, de algum modo*, ela acrescentou mentalmente. — Não vou fugir; no longo prazo, isso não ia resolver nada. Não tem nada que possam dizer para me convencer.

Dorothy soltou um suspiro resignado e olhou para Walter.

— Então creio que devemos chamar Elizabeth.

— Não vejo como ela poderia ajudar — argumentou Walter. Era evidente que já tinham tido aquela conversa.

— Ela fala com os *mortos*, Walter — respondeu Dorothy, ansiosa. — Ela pode, de alguma maneira, fazer uma conexão entre Michele e Irving, antes que Michele se arrisque a voltar no tempo.

— Opa, espera aí. — Michele ergueu as mãos. — Do que vocês estão falando? Quem é essa Elizabeth que fala com os mortos?

— Que *supostamente* fala com os mortos — esclareceu Walter. — Não temos provas de que ela de fato o faça.

— Tudo bem, mas quem é ela?

— Elizabeth Jade. Ela cresceu com Marion — respondeu Dorothy. — Elas estudaram juntas quando crianças, mas perderam contato no ensino médio, quando os pais de Elizabeth a mandaram para um internato em Massachusetts. Soubemos, pelos pais dela, que Elizabeth teve alguns problemas na escola, e por algum tempo foi levada a uma série de psiquiatras, mas sempre insistiu que *não* estava louca. Ela é médium. Os talentos dela se desenvolveram enquanto estava fora, e seus colegas naturalmente ficaram assustados quando ela começou a prever eventos e ver gente morta.

Michele ouvia com total atenção.

— A família se afastou dela, claro. Aqui no Upper East Side, espera--se que as filhas de famílias proeminentes se casem bem e se tornem as beldades da sociedade nova-iorquina. A última coisa que os Jade queriam para a filha era uma carreira controvertida como médium. Mas então, vários anos atrás, o auxílio dela ao Departamento de Polícia de Nova York foi fundamental na solução de um caso de sequestro e no resgate da vítima. Desde então, ela tem sido uma espécie de celebridade. Acaba de escrever um livro sobre o uso da auto-hipnose para despertar dons psíquicos, e ele chegou ao topo da lista de *best-sellers* do *New York Times*.

— Parece incrível. Queria que ela e mamãe tivessem mantido contato — comentou Michele.

— Elizabeth ligou no dia em que Marion morreu — disse Walter num tom de voz baixo. — Elas não se falavam fazia quase vinte anos e, por algum motivo, naquele dia, Elizabeth pensou nela e desejou voltar a ter contato.

— É por isso que seu avô não quer ter contato com Elizabeth. Ela é mais uma recordação daquele dia terrível. — Dorothy olhou para o marido com suavidade. — Mas não há nenhuma dúvida em minha mente de que ela tem o talento que todos dizem que tem.

Walter soltou um suspiro.

— É você quem sabe. Eu não concordo, mas, se quiser falar com ela, não vou impedi-la.

— Eu quero. — A convicção na voz de Michele surpreendeu a ela própria. — Melhor ainda: quero me encontrar pessoalmente com ela. Vamos marcar quanto antes.

QUARTO DIA

Antes que Michele percebesse, havia chegado 19 de novembro: a noite do Baile de Outono. Parte dela achava que era maluquice total colocar um vestido de gala e ir a um baile de escola no meio de uma crise, quando o tempo se esgotava depressa, mas não tinha coragem de decepcionar Ben. Além do mais, precisava encontrar outra oportunidade de conversar com Philip — não para afastá-lo do par dele na festa, por mais que secretamente desejasse fazer isso, mas sim para descobrir *como* ele conseguia ver Rebecca e o que sabia sobre ela. Precisava encontrar uma desculpa para ter um momento de privacidade com ele durante a festa, se bem que, depois do fiasco na sala de ensaio, tinha o pressentimento deprimente de que ele a evitaria durante toda a noite. *Mas, se eu puder fazer com que ao menos me escute, para* realmente *ouvir o que estou dizendo e ele acreditar em mim, talvez Philip se abra e me diga a verdade,* pensou Michele, esperançosa. A mente dela corria a mil, com imagens de ambos se unindo para derrotar Rebecca e voltando à intimidade de antes, e ao mesmo tempo com Philip recobrando a memória. Michele sabia que era pedir muito... mas era tudo o que tinha.

Caissie chegou à Mansão Windsor naquela mesma tarde, trazendo seu vestido num saco de proteção e um estojo de maquiagem, para que as duas se aprontassem juntas. Enquanto se arrumavam, ambas ficaram mais caladas que o normal. Caissie parecia mal-humorada enquanto penteavam o cabelo e se maquiavam, e Michele estava perdida em pensamentos sobre o pai. As coisas que havia descoberto sobre ele e Rebecca eram os únicos aspectos de suas viagens no tempo que tinha ocultado de Caissie. Odiava manter segredos com a amiga, mas não estava preparada para explicar toda a verdade naquele momento. Por mais amiga que fosse, às vezes Caissie ficava um pouco interessada *demais* na capacidade de Michele em viajar no tempo. Michele intimamente temia que, se Caissie soubesse que era filha tanto de um pai do século XIX quanto de uma mãe do século XX, ela deixaria de ser só uma amiga, para se tornar o projeto científico de Caissie. Mas Michele havia lhe contado sobre o encontro do dia anterior com Philip na sala de ensaios, e a perda da chave durante a falta de luz, tendo o cuidado de não fazer nenhuma menção a Rebecca.

— O quê? — bradou Caissie ao saber da chave, sua exclamação tão alta que Michele teve a sensação de que poderiam ouvi-la até no Brooklyn. Ela baixou a voz. — Como... como isso foi acontecer? A chave é o objeto mais poderoso do qual eu já ouvi falar...

— Eu *sei* — lamentou Michelle, tampando o rosto com as mãos. — Está me *matando* saber que não estou mais com ela. Preciso ter ela de volta.

Caissie mordeu o lábio.

— Desculpe. Não queria fazer você se sentir pior. Não perca a esperança. Quem sabe você ainda vai encontrá-la.

— Daria qualquer coisa para isso acontecer — suspirou Michele, vendo como a amiga, normalmente nada vaidosa, arrumava-se diante do espelho. — Está tudo bem com você? Está empolgada com o primeiro encontro de verdade com Aaron?

— Estaria, se ele considerasse que vai ser um encontro — Caissie respondeu, seca. — Para ele é apenas um programa de amigos. Não é o maior elogio que se pode ouvir.

— Aposto que ele só está nervoso — comentou Michele. — Quer dizer, vocês têm sido os melhores amigos um do outro desde o primeiro ano, por isso ele deve ficar com um pouco de medo de que as coisas mudem. Isso não quer dizer que não queira que elas mudem.

— Espero que sim. — Caissie virou-se de frente para Michele. — Como estou?

Ela usava um vestido verde-água frente única, o cabelo loiro puxado para trás, num estilo semipreso. Estava linda, mas ainda mantendo seu estilo próprio e delicado, com brincos de prata em forma de penas e acessórios de cabelo combinando.

— Você está perfeita — disse-lhe Michele com um sorriso. — Ele vai ficar doido por você.

Como se fosse cronometrado, o interfone soou, e a voz de Annaleigh saiu do alto-falante.

— Meninas, os acompanhantes de vocês estão aqui.

— Lá vamos nós — murmurou Michele, antes de pegar sua bolsinha prateada de festa e olhar-se rapidamente no espelho.

Sentiu um arrepio de *déjà-vu* ao ver seu reflexo. Seu único vestido apropriado para a era dourada era o vestido azul de *chiffon* que usara no baile de 1910, onde conhecera Philip. Sua aparência era uma recordação constante daquela noite, que seria ainda mais dolorosa quando ela o visse com Kaya.

Ben soltou um assovio quando as garotas desceram pelas escadarias principais, e Michele não pôde deixar de notar que ele próprio também estava muito atraente. Ela olhou de relance para Aaron e ficou feliz ao ver o modo como olhava para Caissie, dando-lhe um sorriso tímido antes de lhe entregar um buquezinho de flores. Depois que Annaleigh os fez posarem para algumas fotos bonitinhas, mas bregas, acomodaram-se no carro de Ben e foram para o Waldorf-Astoria. O hotel era um arranha-céu *art déco* com mais de um século de história, e de repente ocorreu a Michele que Philip Walker poderia ter comparecido a eventos ali, no início do século XX.

Os quatro entraram no Saguão Principal, uma galeria imponente com dois andares de altura, sustentada por colunas de mármore negro. No centro erguia-se um relógio alto e antigo, tão espetacular que Michele precisou deter-se para examiná-lo com atenção. Tinha uns três metros de altura, com a superfície de ouro toda adornada com entalhes representando ícones históricos, de Benjamin Franklin à rainha Vitória, tendo no alto uma escultura da Estátua da Liberdade. A peça clássica parecia estranhamente viva, e Michele teria continuado ali, observando-a, se Ben não a puxasse para longe.

Seguiram pela galeria Peacock Alley até chegarem ao Empire Room, um salão de baile deslumbrante, decorado em azul e dourado. O teto em caixotão erguia-se a mais de seis metros acima deles, com antigos lustres franceses de cristal iluminando o ambiente. Uma enorme pista de dança preenchia o espaço, e elegantes mesas de carvalho ao fundo continham vasos de flores, tigelas de ponche e bandejas de aperitivos.

— Uau, é um baile e tanto — comentou Michele, olhando para uma das altíssimas janelas em arco, que refletia cenas da Park Avenue por trás de ricas cortinas cor de damasco.

Os olhos dela vasculharam a pista em busca de Philip e Kaya, mas eles ainda não tinham chegado.

— Todo mundo parece tão... alinhado — comentou Aaron, os olhos percorrendo de forma aprovadora as garotas, que claramente haviam aderido ao tema era dourada, exibindo vestidos esplêndidos, parecendo versões mais justas e graciosas do clássico vestido de festa.

— Qual é, Aaron... — Caissie revirou os olhos, cutucando-o nas costelas.

Uma banda de *jazz* completa postava-se no balcão do segundo andar. No momento em que Michele e Caissie entregavam o casaco à moça da chapelaria, os músicos se lançaram num vigoroso *cover* de *Take Care of Business* [Cuide das Coisas], de Nina Simone, com metais, castanholas e uma vocalista que imitava a voz potente de Nina.

— É isso que teriam tocado num baile da verdadeira era dourada? — perguntou Caissie a Michele, meio na dúvida.

— Dificilmente — riu Michele. — Deve ser a ideia que a banda faz da época. Mas com certeza isso é bem mais dançante do que o que tocavam naquela época.

Ela e Caissie não conseguiam controlar o riso ao ver os colegas tentando dançar colados com o ritmo incompatível do *jazz*.

— Jamaicanos *fake* — sussurrou Caissie, deliciada, quando os dois falsos rastafáris loiros entraram gingando na pista de dança, balançando a cabeça e movendo-se no ritmo da música como se tentassem fazer uma dança da chuva.

— No fim, esta noite pode acabar sendo um pouco melhor do que eu esperava — disse Michele, achando divertidas as contorções dos jamaicanos *fake*.

E então, de repente, Michele sentiu o corpo ficar tenso, e a pele dos braços se arrepiou. Não podia vê-lo, mas sentiu sua presença. Virou-se e, de fato, lá estava Philip, entrando de braço dado com Kaya. Por um instante, o tempo parou. Kaya e todos os demais no baile desapareceram, deixando Philip e Michele a sós no salão de baile. Vestindo um *smoking*, com o cabelo alisado para trás e o anel de sinete brilhando no dedo, ele nunca estivera tão parecido com o Philip Walker por quem ela se apaixonara, cem anos no passado. Notou que ele parecia nervoso, e, quando seu olhar recaiu sobre Michele, a expressão dele ficou ainda mais intensa.

— Está pronta?

Michele levantou o rosto quando a voz de Ben rompeu o encantamento. O som e a visão do baile de novo tomaram conta de seus sentidos, e ela se viu fitando Kaya, que parecia deslumbrante num vestido rosa tomara que caia.

— Claro.

Michele acompanhou Ben até a pista, e a banda começou a tocar o clássico de Gershwin, *They Can't Take That Away From Me* [Não Podem Tirar Isso de Mim]. Quando a vocalista iniciou o primeiro verso, Philip e Kaya os seguiram. Enquanto Michele e Philip dançavam com os respectivos pares, seus olhares se fixaram um no outro.

We may never, never meet again on the bumpy road to love. [Podemos nunca, nunca mais nos encontrar na difícil estrada para o amor.]
Still I'll always, always keep the memory of... [Mas mesmo assim guardarei para sempre, sempre a lembrança de...]

Michele desviou o olhar, um nó se formando na garganta. Quando a música terminou, ela se voltou para Ben com um sorriso forçado.

— Vou beber alguma coisa. Quer algo?

— Não, obrigado. Quer que eu vá com você?

— Não, tudo bem. Divirta-se por aí; volto em seguida.

Ela acabava de chegar à mesa onde estavam os coquetéis quando acordes de piano que eram familiares demais invadiram o salão. Ela se virou, levantando os olhos para a banda no balcão. Estavam *mesmo* tocando aquilo?

Feels like so long been only seeing my life in blues [É como se por tanto tempo eu apenas visse o lado triste da vida]

*There comes a time when even strong ones need rescue [Sempre há um
momento em que até os mais fortes precisam de ajuda]*
*Then I'm with you in a whole other place and time [Então estou com você
num outro tempo e lugar]*
The world has light, [O mundo tem luz,]
I come to life... [E eu volto à vida...]

Michele ficou boquiaberta, assombrada, enquanto via os colegas
dançando a música que ela e Philip haviam escrito cem anos antes.
Pegou-se procurando por Philip entre o mar de faces, mas não conseguiu
localizá-lo. Foi quando sentiu o toque suave da mão de alguém na
sua. Ele estava bem atrás dela.

— O que foi que aconteceu ontem com aquele lance da partitura?
— ele perguntou, ansioso, à meia-voz. — E que música é essa que está
tocando agora? Por que ela me faz pensar em... você?

Michele sentiu o coração prestes a parar. Virou-se para encará-lo.

— Você... você se lembra?

Os olhos azuis de Philip ficaram sombrios de frustração.

— Não, eu só... — Ele se interrompeu quando alguns colegas vieram
até a mesa, lançando olhares estranhos na direção deles. — Venha
comigo.

Michele mal conseguia respirar ao sair do salão atrás de Philip, de
volta ao saguão do hotel, afastando-se dos alunos de Berkshire. Diminuíram
o passo diante do grande relógio.

— É como um *déjà-vu* — Philip prosseguiu, as palavras saindo de
forma desordenada. — Tem coisas que parecem familiares, embora eu
saiba que não são. E sinto-me diferente do que deveria me sentir...

Ele se interrompeu de repente, como se estivesse arrependido de
admitir aquilo. Por um instante ficaram ambos em silêncio, a mente
de Michele rodando. Suaves murmúrios da música deles escapavam
pelas portas abertas do Empire Room.

Why, when you're gone, [Ah, quando você se vai,]
The world's gray on my own [Meu mundo se torna cinza]
You bring the colors back [Você traz as cores de volta]
Bring the colors back... [Traga as cores de volta...]

— O que está acontecendo? — Ele lançou um olhar desesperado para Michele. — Tudo virou de cabeça para baixo desde que me mudei para cá, e, sei lá... de alguma maneira, sei que tem a ver com você.

— Eu gostaria de poder contar tudo, mas tenho medo de que você me ache maluca, mais maluca do que já deve achar — ela respondeu com um sorriso trêmulo. — Temos tanto sobre o que conversar, mas, primeiro, você só precisa *se lembrar.*

— Então me ajude. — Philip aproximou-se, avançando um passo em sua direção, e Michele experimentou um calafrio delicioso subir pela espinha ao sentir a respiração dele em seu rosto.

Reunindo coragem, Michele pegou-lhe a mão e entrelaçou seus dedos nos dele.

— Isto parece... familiar?

Philip prendeu a respiração. Fechou os olhos e, por um instante, ambos pareceram ter se esquecido de onde estavam.

— Michele — ele sussurrou, como num transe —, não sei por que me sinto assim.

Ela descobriu que mal podia se mexer ou pensar quando Philip encostou a testa com suavidade na dela, o corpo tão próximo que ela podia ouvir o coração dele batendo acelerado. Estendeu uma das mãos, trêmula, e encostou a palma contra a palma da mão dele, os dedos de ambos entrelaçando-se de novo. Fitando um ao outro, um olhar de compreensão mútua pareceu fluir entre eles, quando de repente o grande relógio do saguão de entrada soou... e Michele sentiu que o corpo dos dois começou a se levantar.

Philip inspirou de repente, apertando a mão dela com mais força e olhando para baixo, incrédulo, quando os pés deles ergueram-se do chão, como que levantados por uma mão invisível.

— *O que está acontecendo?*

Michele estava atônita demais para responder, olhando ao redor com movimentos frenéticos, enquanto uma brisa invadia o salão, envolvendo-os, rodopiante. Ela ouviu o brado de Philip misturando-se a seu próprio grito de choque, os dois se agarrando um ao outro, os corpos girando juntos através do ar.

É como uma viagem no tempo, pensou Michele, em pânico. *Mas não pode ser. Não tenho a chave... e nunca consegui viajar com Philip quando tentei. O que é isso?*

Com um misto de terror e assombro, observou a aparência do salão mudar rapidamente em um caleidoscópio de imagens, e, por uma fração de segundo, teve a impressão de que haviam passado pelo teto e saído para o céu noturno, até que foram lançados de volta ao chão, desabando no piso de assoalho. Michele ouviu um gemido junto a si.

— Ma-mas que diabo... Estou ficando louco... — balbuciou a voz de Philip.

Michele sentiu algo deslizando de sua mão. A mão de Philip já não estava mais ali. Ela se voltou para olhá-lo... e recuou chocada. *Ele se fora.*

— Philip! — berrou Michele, levantando-se do piso.

Mas a voz dela foi abafada pelos sons que preenchiam o salão de baile: os acordes de uma orquestra tocando uma valsa, o burburinho de risos e conversas, o arrastar de sapatos dos casais que dançavam pela pista, copos tilintando, o farfalhar de saias pesadas.

— Ah, meu Deus — sussurrou Michele, vendo a cena que tinha diante de si.

Era inegável: estava em outro tempo. Mas *como*? E onde estaria Philip?

Circulou pelo salão, atordoada. Parecia ter retornado ao Empire Room do Waldorf-Astoria, iluminado pelos mesmos lustres franceses e luminárias, mas todo o resto estava muito diferente. As decorações contemporâneas do Baile de Outono haviam desaparecido, substituídas por espelhos de molduras douradas e tapeçarias europeias emolduradas por guirlandas de hera. Para todo canto que olhasse, Michele via uma profusão de flores. Cascatas de orquídeas, palmeiras em vasos e rosas enfeitavam lustres e espalhavam-se pelo limiar da pista de dança. Havia festões de rosas e plantas coloridas até no balcão do segundo andar, onde uma orquestra clássica tocava, em vez da banda de *jazz* do século XXI.

Ben, Caissie, Aaron e os demais colegas de Michele tinham desaparecido, e o lugar deles fora tomado por uma multidão mais formal, de outra época. Em vez de adolescentes enfiados a contragosto em *smokings*, aqueles eram cavalheiros distintos, todos usando as mesmas gravatas brancas e casacas negras, com luvas brancas adornando-lhes as mãos. E, enquanto as garotas de Berkshire usavam vestidos leves, com um mínimo de tecido, as damas que agora valsavam trajavam vestidos pesados e muito decotados, de brocado e veludo, enfeitados com uma profusão de joias que enchia os olhos.

Michele perambulou por entre a multidão, invisível aos convidados do baile, enquanto procurava por Philip. Quase desabou de alívio quando finalmente o localizou, mas então teve uma tremenda surpresa ao vê-lo conversando casualmente com dois outros jovens... como se fizesse parte de tudo aquilo.

Philip virou-se na direção dela e arregalou os olhos, seu rosto abrindo-se num sorriso incrédulo. Ainda vestia o mesmo *smoking* que usava no Baile de Outono e, no entanto, sua expressão revelava de imediato a Michele que este era o Philip do passado, o Philip que se lembrava dela e que a amava.

Ele se apressou em pedir licença aos amigos e fez sinal para que Michele o seguisse até o corredor. Ela se viu correndo na direção dele, o coração disparado de ansiedade. Quando chegaram ao corredor vazio, do lado de fora do salão, ele envolveu Michele nos braços e, cheio de alegria, ergueu-a no ar, antes de enterrar o rosto no pescoço dela, enquanto a abraçava com força.

— Estou tão feliz por ver você — ele murmurou.

— Eu também — ela sussurrou.

Baixando a cabeça, Philip chegou mais perto, tocando de leve os lábios dela com os seus. Michele abraçou-o com força, os joelhos bambeando e o estômago se contraindo em êxtase com a sensação do beijo. Ela envolveu o pescoço dele com os braços, correspondendo ao beijo de forma ardente. Parecia ter se passado uma eternidade desde a última vez em que haviam estado juntos daquele jeito.

— Quanto tempo faz que você me viu pela última vez? — ela perguntou, sem fôlego, quando por fim conseguiram se separar, afogueados e felizes. — Que dia é hoje?

— Dezenove de novembro de 1910 — Philip respondeu, rodopiando com ela, bem-humorado. — Faz só uma semana, mas ainda assim senti terrivelmente sua falta.

Dia 19 de novembro de 1910... foi logo antes de nos separarmos, Michele deu-se conta. *Ele ainda não sabe que o Tempo vai me forçar a lhe dizer adeus.* Aquele pensamento trouxe lágrimas repentinas aos olhos dela, e Michele piscou para afastá-las, ansiosa para esquecer tudo o mais; para apenas viver aquele momento maravilhoso com Philip em 1910.

— Também senti sua falta. Mais do que você imagina.

Ela o puxou para outro abraço, fechando os olhos enquanto ele beijava seus cabelos. Deram-se as mãos e seguiram adiante pelo corredor, sem conseguir parar de sorrir um para o outro.

— Este é o Waldorf? — perguntou Michele.

Philip fez que sim.

Isso significa que não viajei apenas de volta no tempo. Viajei também para outro local, assombrou-se Michele, recordando que o Waldorf original estava localizado no que, depois da década de 1930, viria a ser o local do Empire State Building.

— Tive medo de vir aqui esta noite, para o baile dos Vanderbilt. Tem sido difícil, para mim, agir como eu agia antes de você entrar em minha vida, e continuar com a mesma frivolidade mundana — admitiu Philip. — Mas você sabe o que dizem. Uma vez que você aceita um convite para um jantar ou baile, só a morte pode liberá-lo do compromisso... e mesmo assim seu testamenteiro deve comparecer em seu nome.

Michele riu, e Philip a acompanhou.

— Graças a Deus eu vim — ele continuou. — Não queria perder por nada deste mundo a chance de ver você.

A orquestra passou a tocar a *Serenata*, de Schubert, e Philip e Michele se entreolharam, rindo baixinho.

— É a nossa deixa.

Ele estendeu a mão, e os dedos de Michele entrelaçaram-se aos dele, assim como ela fizera com o Philip do século XXI pouco antes, naquela mesma noite, num tempo e num lugar no futuro. Quando começaram a valsar, de rosto colado, parecia que ambos tinham escapado aos limites do tempo e do plano físico. Tudo o que existia era aquilo: um amor tão forte que parecia fazê-los pairar acima do chão, carregando-os para outro mundo.

— O que é isso?

Michele virou-se ao ouvir a voz de Kaya Morgan. *O que ela está fazendo em 1910?*

Michele soltou a mão de Philip, chocada ao ver Kaya, o rosto pálido, junto com um pequeno grupo que incluía Ben Archer, este com uma expressão magoada no rosto. Estavam de volta ao saguão de entrada do Waldorf-Astoria, ao pé do relógio imponente — o último lugar onde tinham estado antes de serem transportados para 1910.

— Estamos de volta — murmurou Philip, aturdido.

Michele ofegou, voltando-se para ele com um assombro repleto de esperança. Será que aquilo queria dizer... que o novo Philip se lembrava de terem estado em 1910?

— Fala sério, Philip. O que aconteceu com você? — Os olhos de Kaya faiscavam enquanto iam dele para Michele.

Philip, de súbito, pareceu se dar conta do presente.

— Eu... Deixe-me explicar. — Ele lançou um breve olhar a Michele, e então afastou-se dela, levando Kaya para fora do saguão de entrada. Enquanto o observava, perguntando-se que tipo de explicação ele inventaria, viu Ben se distanciar deles, os ombros caídos. Michele correu atrás dele, voltando ao Empire Room.

— Ei. — Ela segurou seu braço. — Sinto muito. Não sei o que você viu, mas...

— Vi você e o cara novo bem pertinho um do outro, e dançando como uns malucos, à moda antiga — retrucou Ben. — O que aconteceu com aquele namoro a distância do qual me falou? Parece que esse namorado desapareceu bem depressa.

Michele sabia que não poderia explicar a Ben que Philip Walker e o namorado "a distância" eram na verdade a mesma pessoa.

— Estávamos só... valsando — disse, o rosto ficando vermelho ao perceber como aquilo soava ridículo no século XXI. — Além do mais, achei que você tinha dito que tudo bem se viéssemos só como amigos.

Ben soltou um suspiro.

— É, acho que falei isso, sim — admitiu ele, o semblante inexpressivo.

A banda de *jazz* escolheu aquele momento para atacar com uma interpretação enérgica e animada da lamuriosa *Brother, Can You Spare a Dime* [Irmão, Pode Me Dar um Trocado]. Depois de alguns instantes de silêncio entre eles, ela não pôde deixar de comentar:

— Uma música meio esquisita para se tocar num baile de escola.

Os cantos da boca de Ben se curvaram.

— Não acho que estejam ensinando o pai-nosso ao vigário neste caso — ele disse, indicando com um gesto os privilegiados filhos e filhas de Nova York ao redor deles.

Michele riu. Sabia que tinha sido perdoada.

— Vem, vamos dançar — disse, puxando-o para a pista de assoalho.

Michele sentia o coração leve, como não acontecia havia semanas, o calor do toque de Philip ainda em sua mão, os lábios ainda com a sensação de seu beijo.

Vi você e o cara novo bem pertinho um do outro... Com as palavras de Ben ecoando nos ouvidos, Michele pegou-se sorrindo, deliciada. Essa era a *prova* de que o Philip de 1910 e o de 2010 eram a mesma pessoa.

Enquanto circulavam pela pista, Michele notou Caissie indo sozinha até a mesa do ponche.

— Ei, onde está Aaron? — perguntou a Ben.

Ben olhou por cima da cabeça dela e apontou. Aaron dançava com uma garota que Michele não tinha visto antes.

— Vou procurar Caissie — Michele disse a Ben, assim que a música terminou. Estava doida para contar à amiga o que havia acontecido.

— O que está rolando? — perguntou, assim que a encontrou.

— Aquela garota do segundo ano frequenta a sala de estudos com Aaron — disse Caissie, apática. — Ela convidou ele pra dançar, e ele me perguntou se eu me importava. Claro que eu não ia dizer pra ele não ir. Mas já é a terceira dança seguida.

Michele gemeu. O que ele estava *fazendo*?

— Sinto muito, Caissie. Ele só está sendo um pouco imaturo. Como estavam as coisas entre vocês antes disso?

— Estava indo tudo bem, para dizer a verdade. — Caissie mordeu o lábio. — A gente estava se divertindo, mas foi diferente de quando estamos juntos normalmente. Muito legal. Daí... ele decidiu ir dançar com outra menina.

— Esquisito. — Michele olhou para Aaron do outro lado da pista. — Será que ele ficou nervoso? Você devia falar com ele. Perguntar, como quem não quer nada, se está tudo bem.

— Não sei... Neste momento, só quero distância dele. Por favor, me distraia um pouco. Como está indo a sua noite?

— Tem certeza? Acho que evitar Aaron só vai deixar tudo ainda mais esquisito — aconselhou Michele.

— Não sei o que fazer, mas não quero que ele olhe para cá e fique pensando que estou toda chateada por causa dele. Por isso, vamos lá: me conte sobre a sua noite. — Caissie bebericou o ponche e olhou a amiga, à espera.

— Bom, está sendo, tipo... inacreditável — Michele disse no ouvido da amiga. — Philip se lembrou de nossa música quando a banda a tocou, aí fomos conversar a sós e, de alguma maneira, voltamos para 1910! O Philip antigo estava lá, e ficamos juntos... E, quando fomos lançados de volta ao presente, o Philip novo *lembrou* que a gente estava em outro lugar. Não fui eu que imaginei coisas ou viajei sozinha!

— Espera aí, está falando *sério*? — Caissie praticamente guinchou. — O que isso *significa*? E como você conseguiu viajar sem a chave?

— Não faço ideia. É difícil acreditar até que viajamos no tempo de verdade, fisicamente, ou talvez tenha sido, sei lá...

— Tipo uma visão compartilhada, algo assim? — sugeriu Caissie, franzindo as sobrancelhas, imersa em pensamentos. — Acho que seria possível, levando-se em conta esse seu mundo maluco! Mas o que aconteceu com Philip? Ele contou do que, exatamente, ele se lembra?

— Não, Kaya e Ben estavam lá quando a gente voltou. Ele foi tentar se explicar para ela, e depois disso não vi mais nenhum dos dois. — Michele voltou o olhar para a multidão.

Nesse instante, Nick Willis, da classe de inglês, aproximou-se de Caissie e convidou-a para dançar. Caissie olhou para Aaron, ainda dançando com a outra garota, e aceitou decidida a mão estendida de Nick.

— Quero ouvir essa história de novo, com mais detalhes, quando voltar — falou por cima do ombro, antes de se juntar a Nick.

Quando Caissie desapareceu na profusão de casais que dançavam, os olhos de Michele pousaram em Philip, que acompanhava Kaya de volta ao salão. Ambos pareciam abalados, mas Kaya tinha um grande sorriso estampado no rosto.

Embora Michele e Philip não houvessem tido outro momento a sós pelo resto da noite, havia uma nova energia entre eles cada vez que o olhar dos dois se cruzava na pista de dança. Michele sentiu que o véu enfim se erguia... e que um novo capítulo começava para eles.

A Manipulação da Idade é a arte de viajar pelo tempo no corpo de seu eu mais jovem ou mais velho. Trata-se de uma habilidade altamente avançada para um Guardião do Tempo, que envolve tanto prática quanto convicção. Uma vez dominada a Manipulação da Idade, você será capaz de se mover através do tempo no corpo que escolher, e essa capacidade torna-se especialmente valiosa à medida que você envelhece. Doenças cardíacas, dores crônicas e ossos fracos desaparecem quando você usa o corpo de quando era mais jovem. No entanto, recomenda-se cautela. Assim como necessitamos do sono para que o corpo funcione, também precisamos de tempo para "descansar" em nossa verdadeira idade. A Manipulação da Idade exige muito do corpo, e passar muitos dias sendo mais jovem ou mais velho pode limitar seu período total de vida. Usada de forma moderada, porém, essa habilidade pode ter o efeito oposto, adicionando anos a sua existência.

— MANUAL DA SOCIEDADE TEMPORAL

8

Michele voltou praticamente flutuando para casa depois do baile, e estava radiante ao cumprimentar Walter e Dorothy. Os avós atribuíram sua felicidade a um encontro bem-sucedido com Ben Archer, e ela não se preocupou em corrigi-los. Quando finalmente se deitou, ficou lá estirada na cama pelo que pareceram horas, agitada demais para dormir. Enquanto o relógio avançava mais e mais, percebeu que era o momento perfeito para continuar a ler a história de seu pai. Assim, saiu da cama de lanterna em punho e desceu, sorrateira, rumo à biblioteca e à passagem secreta ali existente.

DIÁRIO DE IRVING HENRY
Janeiro de 1888 — cidade de Nova York

Agora que estamos comprometidos em segredo, Rebecca deixou muito claro que espera minha visita ao menos uma vez por mês. É uma viagem e tanto vir lá do *campus* da minha universidade; não há um trem direto que parta de Ithaca, de modo que tenho que ir até a Pensilvânia primeiro para depois tomar outro trem até Manhattan. Ainda assim, vou visitá-la algumas semanas após o Natal, conforme o prometido, e encontro Rebecca extremamente ansiosa para contar as novidades. Ela aperta nas mãos um volume encadernado em couro de forma possessiva.

— Recebi uma visita fascinante hoje — anuncia. — Millicent August... não é um nome intrigante? Bom, você não vai nem imaginar quem ela é!

Desabo em uma cadeira, num mau humor instantâneo. Cada vez que tenho que ouvir sobre alguma das extraordinárias aventuras de Rebecca, meu *alter ego* da inveja se manifesta. Não posso entender por que *eu* tenho que estar preso na provinciana década de 1880, quando poderia estar no futuro como Rebecca, aprendendo sobre maravilhas médicas e científicas. Fico tentando me lembrar de que, assim que estivermos casados, ela vai me levar, embora me irrite essa manipulação dela, que me mantém a seu lado com a promessa de uma viagem no tempo. Mas a promessa em si é tentadora o suficiente para que eu permaneça nessa situação de noivo relutante de Rebecca.

Ela se debruça para a frente, incapaz de guardar para si as novidades por mais tempo.

— Millicent August tem quase *100 anos* de idade, embora não pareça mais velha que minha mãe, e é a líder da Sociedade Temporal. Parece que existe toda uma organização de pessoas como eu por aí. Não sei se fico contrariada por não ser a única ou feliz porque agora tenho pessoas a minha altura com quem me associar.

Endireito o corpo, agora prestando total atenção.

— Então outros podem fazer o mesmo que você? Você perguntou a ela?

— É chamado de Gene da Viagem no Tempo. As pessoas sabem se têm o gene, assim como acontece comigo. — Ela faz um gesto apontando o livro. — Millicent me deu este manual repleto de informações sobre a Sociedade Temporal, e só outros membros têm permissão para vê-lo. Tem um monte de regras e coisas desse tipo, segundo ela. — Rebecca revira os olhos. — Mas o motivo principal de ela ter vindo me visitar foi fazer um convite. Há um grande hotel em construção em San Diego, Califórnia, chamado hotel Aura. Todos acham que é só um hotel de luxo, mas a verdade é que um dos construtores é membro da Sociedade Temporal, e o hotel é nossa nova sede...

Estendo a mão.

— Por favor. Posso lê-lo?

— Irving! Eu lhe disse que é só para membros.

— Mas nós vamos nos casar, não é? E marido e mulher compartilham tudo. — Enquanto as palavras deixam minha boca, de repente odeio a mim mesmo por ter me metido nesse relacionamento tão condenável. Mas não posso evitar. Estou desesperado para ter um vislumbre do futuro.

— Talvez, quando estivermos casados, você também possa entrar para a Sociedade Temporal — sugere Rebecca, apertando o livro contra si. — Mas, até lá, é melhor não contrariar os desejos de Millicent.

Olho para Rebecca apertando os olhos. É típico dela vangloriar-se de algo que possui, para depois guardar aquilo possessivamente. E então me ocorre que Rebecca *nunca* aceita ordens de ninguém; na verdade, ela detesta a autoridade alheia. Sua pobre mãe passou maus bocados tentando disciplina-la, e no final desistiu. Simplesmente não é do caráter de Rebecca seguir as regras dessa Sociedade Temporal. Naquele instante, percebo que a história não vai parar por aí.

Desço as escadarias sozinho, logo depois de conseguir me libertar do sufocante abraço de despedida de Rebecca. Chego ao último degrau, o cabelo despenteado e o rosto ainda petrificado numa careta, e não percebo Rupert ao pé da escada até que o mordomo pigarreia.

— Ah... Olá, Rupert. Estou prestes a ir para a cidade, para pegar o trem.

— Está planejando voltar aqui com frequência, não está? — Rupert me lança um olhar insinuante. — Mesmo depois da graduação.

— O que você quer dizer? — pergunto, ríspido. Ele *sabe*?

— Quero dizer que a senhorita Rebecca sempre consegue o que deseja — diz Rupert, incisivo. — Como seu amigo, tinha esperança de que conseguisse uma garota melhor, embora possa entender seus motivos para estar com ela. Mas, se vai morar na Mansão Windsor, há algo nesta casa que sinto ser minha obrigação lhe mostrar. Pode ser que lhe dê uma via de fuga, caso precise.

Rupert vai na direção da biblioteca, e eu o sigo a contragosto. Meu rosto arde de vergonha, pois percebo que ele de algum modo deve saber que planejo me casar com Rebecca, e que claramente não a amo. Ele deve achar que estou fazendo isso pelo dinheiro e *status*, e esse pensamento me faz estremecer de desgosto. Se ao menos eu pudesse contar a verdade a Rupert!

Logo chegamos à biblioteca, meu aposento favorito na nova Mansão Windsor, com suas estantes de parede inteira e vitrines de vidro repletas de livros. Obras de arte elegantes e um mobiliário régio também decoram a biblioteca, mas só tenho olhos para as centenas de tomos encadernados em couro.

Rupert examina com atenção o aposento e então vai até uma das estantes envidraçadas no fundo da biblioteca. Para minha surpresa, o sempre educado mordomo pressiona as mãos contra a estante de forma bastante rude, como se tentasse movê-la!

— O que vai fazer? — pergunto, espantado. — Você vai quebrar...

Paro no meio da sentença, boaquiaberto, quando a estante mecanicamente gira para o lado, revelando um vasto espaço vazio que parece um túnel. Chego mais perto e vejo que *é* um túnel, construído com pedra cinzenta e tijolos, com altura suficiente apenas para uma pessoa ficar de pé lá dentro.

— O que é *isto*? — exclamo.

Com a mesma rapidez com que abriu a passagem, Rupert a fecha, relanceando os olhos, nervoso, para a porta, enquanto empurra a estante de volta para o lugar.

— É uma passagem secreta que leva ao gramado dos fundos da casa. Um espaço que consiste apenas em pedra e tijolo, sem aquecimento nem decoração, embora seja um lugar surpreendentemente confortável para se esconder por algum tempo. — Rupert sorri, mas depois sua expressão fica séria. — Ninguém mais sabe disso, especialmente na família, portanto devo pedir que guarde segredo. Estou contando a você porque acho que um dia você pode precisar. A senhorita Rebecca é muito cruel com todos os empregados e, embora esteja apaixonada por você agora... nunca se sabe se algum dia pode se tornar cruel com você também.

Baixo os olhos.

— Não é o que você pensa. Eu... eu não... Quero dizer... Talvez eu não... — balbucio, antes que Rupert me interrompa.

— Não precisa explicar — diz ele, a voz bondosa. — Você tem 18 anos e quer uma vida melhor. Eu compreendo.

Por um momento, estou pronto para revelar toda a verdade. Afinal de contas, Rupert acaba de compartilhar um segredo comigo. Mas depois imagino a reação dele, a maneira como provavelmente entraria em pânico e acharia que fiquei louco. Porque, sem a cooperação de Rebecca, não tenho provas.

De repente, ocorre-me uma pergunta:

— Rupert, se a família não sabe dessa passagem... como você a conhece?

— É um segredo do arquiteto. Ele adora colocar uma marca particular nas casas que constrói, adicionando ao lugar elementos que são de *sua* criação, não importando quem seja o proprietário. Fiquei encarregado de supervisionar a construção deste lugar enquanto toda a família Windsor morava no hotel Fifth Avenue. É por isso que, fora os operários que trabalharam na construção, e agora você, sou o único que sabe sobre esse detalhe secreto do arquiteto. Os operários nunca viram os Windsor nem falaram com eles; sou o único que poderia ter lhes contado. Quando o arquiteto me perguntou se eu planejava contar, soube de imediato que eu não o faria. — Ele me olhou com um ar culpado. — Suponho que isso me torne um mordomo de menor qualidade, mas era algo de que eu precisava. Sabe... também tenho alguém, e aqui é o único lugar onde ela e eu podemos ficar juntos.

Ele baixou os olhos, e contive um sorriso. *Sempre* tive a impressão de que havia algo entre ele e a bela criada francesa de Rebecca!

— Eu compreendo. — Coloco a mão no ombro de Rupert, prestes a dizer algo mais, quando uma visão inunda minha mente, tão poderosa que traz com ela uma terrível dor de cabeça.

Estou parado no meio da passagem secreta, esperando por alguém. As palmas das minhas mãos transpiram, meu estômago retorce, e ainda assim estou mais feliz do que já fui em toda a minha vida. Olho para baixo, examinando com cuidado minhas roupas. Espero que minha aparência esteja correta mesmo com esta estranha vestimenta: calças azuis e uma camisa de algodão com os dizeres "New York Giants 1991", em grandes letras quadradas. Dou uma risadinha ao pensar que, cem anos no futuro, a moda é parecer menos arrumado que os pobres da minha época.

De repente, ouço o som da estante sendo empurrada para o lado. Meu coração se alegra, e tento em vão controlar o sorriso que se espalha em meu rosto. Ela está aqui.

— Irving? O que está acontecendo? Você está bem?

Retorno de súbito ao foco enquanto Rupert sacode meus ombros, assustado.

— Estou bem — respondo. — Só tive uma... uma câimbra terrível na perna. Mas já passou.

Olho assombrado para a passagem secreta. Meu coração se acelera quando percebo que *vai acontecer*. Eu *realmente* vou para o futuro, e não apenas para 1919, como Rebecca. Vou viajar mais de cem anos!

— Obrigado por me contar isto — digo a Rupert. — Tenho o pressentimento de que vou precisar de uma passagem secreta. Muito obrigado mesmo.

Quando saímos da biblioteca, minha mente está tomada por uma pergunta: quem é a garota em minha visão, a garota por quem estarei esperando em 1991?

2 de fevereiro de 1888

Em 2 de fevereiro, acordo às seis da manhã como uma pessoa muito diferente daquela que serei ao final do dia. Meus olhos abrem-se e vejo o quarto familiar, pequeno e austero, no dormitório da Universidade Cornell. Visto-me depressa, e então corro até o lavatório para me barbear antes da primeira aula. Quando volto, minutos depois, vejo uma *mulher* sentada em minha mesa, observando a porta, esperando por mim. Olho para ela, atônito. As garotas são estritamente proibidas nos dormitórios masculinos... Como ela conseguiu passar pelo vigia? E não se trata de uma garota, mas sim de uma mulher, que parece diferente e etérea, com cabelos prateados que lhe chegam à cintura e olhos verdes penetrantes. Ela sorri para mim.

— Irving Henry. Faz algum tempo que venho me perguntando quando teria a oportunidade de conhecê-lo.

Meu olhar vai, nervoso, dela para a porta, e, depois de um instante de hesitação, fecho-a atrás de mim. Tenho que saber quem é aquela mulher, mas não posso correr o risco de que meus colegas a vejam.

— Quem é você? — indago. — O que pretende, forçando a entrada em meu quarto dessa maneira?

— Ah, eu não forcei — diz ela calmamente. — A porta estava aberta.

— Como sabe meu nome? E, repito: *quem é você?*

Estou de pé, com as costas apoiadas na porta, perto o suficiente para uma fuga rápida se a mulher se revelar, como suspeito, uma doida completa.

— Meu nome é Millicent August. Talvez já tenha ouvido falar de mim. — Ela me lança um olhar inteligente ao me estender a mão.

Meu queixo cai.

— Millicent August? A fundadora da Sociedade Temporal?

— Eu mesma.

— O que quer comigo? Tem algo a ver com Rebecca? — pergunto, perplexo.

— Estou aqui por causa dos dois — diz Millicent com suavidade. — Veja, há coisas sobre Rebecca que não se encaixam. Por exemplo: ela lhe contou *como* é capaz de viajar para o futuro? Ela lhe contou que a viagem no tempo é um dom herdado?

— Não. — Olho para Millicent assombrado. — Ela disse que foi escolhida para ter esse poder; que existe um Gene da Viagem no Tempo e que ela nasceu com ele.

Millicent ri baixinho.

— Claro. É isso que ela quer que você pense.

Agora Millicent tem toda a minha atenção.

— O que está querendo dizer?

— É verdade que existe um Gene da Viagem no Tempo e que ele é uma herança familiar. Mas não é simples assim. As pessoas não acordam um dia e de repente são capazes de visitar o passado ou o futuro, do nada — diz ela em tom de reprimenda, como se tivesse sido eu a sugerir tal coisa. — Há um artefato. Uma chave.

— Rebecca não disse nada sobre nenhuma chave — digo, confuso.

— Não, ela escondeu isso de você, e creio que sei o motivo. Deixe-me explicar como funcionam as viagens no tempo e nossa sociedade.

Ela faz um gesto para que eu me sente.

— A Sociedade Temporal é uma organização clandestina de viajantes do tempo. Chamamos a nós mesmos de Guardiões do Tempo. Ao longo do último século, descobrimos que o poder de viajar através do tempo está no sangue da família. É isso que chamamos de Gene da Viagem no Tempo — revela Millicent. — Mas todos nós somos marcados pela presença de uma chave física, denominada Chave do Nilo. Essa chave é sempre entregue pelo Guardião do Tempo a alguém da família antes de sua morte. Assim, a viagem no tempo não é algo com que você simplesmente nasce, como disse Rebecca, e sim um dom herdado.

Ela prossegue:

— Todo e qualquer membro da Sociedade Temporal está relacionado, por parentesco, a outro Guardião do Tempo, o que explica como recebemos nossas chaves. Assim, pode imaginar minha surpresa quando nossos Detectores me informaram sobre uma nova viajante entre nós, Rebecca Windsor. Veja, ninguém da família dela jamais esteve na sociedade. Mas havia *alguém* que vivia na casa e que constava como sendo um Guardião do Tempo, alguém cujo descendente eu aguardava entre nós.

Millicent faz uma pausa.

— O nome do Guardião do Tempo era Byron Henry.

Por um instante, penso que meu coração pode ter parado. Quando enfim recupero a voz, ela mal sai num sussurro:

— Você está enganada... É impossível! Meu pai era o homem mais normal que se possa imaginar. Não pode ser... Ele teria me contado. — Calo-me, a mente correndo a uma velocidade alucinante, quando de repente recordo o trecho do testamento de meu pai que ninguém havia entendido: "Tão importante quanto os fundos para a educação universitária de Irving, senão mais, é a chave que deixo para ele..."

— Sei como você e seu pai eram próximos — diz Millicent com bondade. — Mas você era jovem demais para saber. Uma das diretrizes mais estritas que seguimos na Sociedade Temporal é manter em segredo nossos poderes até que nos aproximemos do fim de nossa vida. Só então podemos contar à pessoa que herdará a chave. Claro, a maioria de nós não pode predizer quando vai morrer, e é por isso que o último desejo e um testamento são cruciais para nossa sociedade.

Enxugo a testa, que está úmida diante de tantas notícias surpreendentes, enquanto Millicent prossegue:

— Fazia um bom tempo que eu não tinha notícias de Byron, mas nunca imaginei que tivesse morrido. Alguns de nossos membros passam anos sem entrar em contato conosco. Mas minhas suspeitas foram despertadas quando ouvi falar de Rebecca e confirmei, ao visitá-la, que o mordomo dos Windsor não era mais Byron Henry. — Ela se inclina para a frente. — Estou convencida de que Rebecca roubou a chave de seu pai quando ele morreu.

Sinto-me na defensiva.

— Mas... mas ela é minha amiga. Ela quer se casar comigo! Não acho, na verdade, que ela seja incapaz de fazer coisas horríveis, mas não comigo. Ela sabe como eu amava meu pai. Não poderia ter roubado nada dele.

— Temo que tudo indique que roubou — diz Millicent. — Especialmente porque ela não quis me dizer quem lhe deu a chave. Ela fingiu não saber, mas sei que roubou. Pude ver isso estampado em seu rosto.

Minhas mãos se fecham em punhos, quando sinto arder dentro de mim uma fúria com a qual não estou acostumado.

— Então, o que está me dizendo é que, o tempo todo em que Rebecca se gabou para mim das suas viagens no tempo, dizendo-me que eu só poderia experimentá-las por intermédio dela, *se* nos casássemos... era tudo uma mentira? Esse poder na verdade deveria ser meu, o tempo todo?

— Sim — responde Millicent, resoluta. — Sempre soubemos que você seria o próximo Guardião do Tempo da família Henry. Depois que Byron morreu, o único viajante do tempo a morar na Mansão Windsor deveria ter sido *você*.

Não posso mais ficar sentado, imóvel, quando a ira dentro de mim se avoluma. Ergo-me de um salto, furioso.

— Preciso recuperar a chave. Preciso tirá-la de Rebecca!

— Isso mesmo — concorda Millicent. — Eu a convidei para a inauguração da sede da Sociedade Temporal hoje. Ela vai vir até nós, usando sua chave. — Millicent estende um braço. — Está pronto?

— Estou.

— Não estamos indo longe. Será apenas até a tarde de hoje, de modo que a viagem será breve.

Millicent desata seu xale, revelando uma corrente de ouro reluzente ao redor do pescoço, da qual pende uma grande chave, em cujo centro brilha um diamante.

— Segure-a — Millicent me diz, e estendo a mão, nervoso, para tocar o artefato.

— Hotel Aura. Cinco da tarde, dia 2 de fevereiro de 1888 — ordena Millicent.

De repente, uma mão invisível me puxa pelo colarinho, erguendo-me no ar com uma força de tirar o fôlego. Sinto meu corpo pairar mais e mais alto, e depois começar a rodopiar à velocidade da luz, até que, antes que perceba, estou de novo no chão, em posição fetal e arfando sem fôlego.

— Cá estamos. Você foi muito bem.

Ergo os olhos e vejo Millicent estendendo-me um copo d'água. Bebo-o de uma vez e, então, recuperando o fôlego, olho a minha volta. Estamos numa sala de estar formal, com acabamento dourado no teto e móveis estilo Luís XVI. Millicent se aproxima de um grande relógio de bronze encaixado na parede e pressiona a mão contra ele. O relógio soa alto, as badaladas parecendo reverberar pelo espaço.

— Rebecca será trazida para cá a qualquer momento — diz Millicent com tranquilidade. — É melhor que você espere na sala ao lado. Não queremos que ela o veja cedo demais e fuja. Você poderá nos ouvir através da parede e saberá quando vir para cá.

Aceno com a cabeça num gesto positivo, a ansiedade do que está por vir enchendo meu corpo de energia renovada. Vou para a sala adjacente, o gabinete de Millicent, e passo os olhos pelos livros que forram as paredes. Fico espantado ao ver o nome dela na lombada de muitos dos volumes, que vão de *The Art of Age Shifting* a *The Gift of Sight*.

Logo ouço passos, e em seguida a voz excitada de Rebecca, quando ela cumprimenta Millicent. O som me provoca uma onda de náusea.

— Olá, Rebecca — ouço Millicent dizer, fria. — Hiram e Ida, obrigada pela ajuda. Podem ir agora. — A porta da sala de estar é aberta e fechada, e um instante depois volto a ouvir a voz de Millicent. — Há alguém aqui que quer vê-la, Rebecca.

Minha deixa. Giro a maçaneta da porta que liga o gabinete à sala de estar e olho de forma acusadora para minha antiga amiga.

— *Você!* — ela exclama.

Enquanto Rebecca está paralisada de choque, Millicent estende a mão e arranca algo do pescoço dela. Rebecca grita, mas é tarde demais. Millicent pressiona a chave contra minhas mãos, e contemplo com assombro o objeto.

A chave dourada parece um talismã antigo. Tem o mesmo formato de cruz que a de Millicent, mas, em vez de ter no centro um diamante, tem um relógio de sol entalhado na superfície.

— Meu pai desenhou isto para mim — digo a Millicent, incapaz de tirar os olhos da chave que tenho na mão. — Ele fez um desenho desta mesma chave quando eu era pequeno. Sempre achei que era só mais um de seus esboços divertidos. Mas ele estava me dando uma pista. — Levanto a cabeça, encarando Rebecca com ódio. — Talvez ele já pressentisse que você iria roubá-la; que um dia eu seria chamado para reconhecê-la.

— Eu não... eu não a roubei — gagueja Rebecca, parecendo nervosa pela primeira vez em todos os anos que a conheço. — Ele a deixou na *minha* casa.

As palavras dela me fazem estremecer de fúria.

— Quando foi que você a tirou dele? — exijo saber, avançando na direção dela. — Ele teria dito ou feito algo se soubesse que ela havia desaparecido. Quando foi que a pegou? Logo depois que o enterraram? — Minha voz eleva-se e pego-me gritando com ela, desejando que minhas palavras possam lhe causar a dor de golpes físicos.

Rebecca não nega, e tenho que apertar o encosto de uma cadeira para não bater de verdade nela.

— Então é verdade. Enquanto sabia que eu estava chorando a morte de meu pai, você aproveitou para roubá-lo. Para roubar o que ele tinha de mais precioso.

— Eu queria me sentir mais perto de você, Irving! — geme Rebecca. — Deve saber que sempre gostei de você. Eu sabia quanto você amava seu pai, e queria algo para me lembrar dele.

— É mentira, e você sabe disso! — grito. — Se fosse verdade, você teria me contado sobre a chave e a teria *compartilhado* comigo. Não teria se exibido com seu repentino poder de viajar no tempo, nem me chantageado para me casar com você, para poder ter o que por direito era meu o tempo todo, uma coisa que você havia roubado de mim.

— Chantagear você a se casar comigo? — a voz de Rebecca se faz ecoar, como se não tivesse ouvido o resto do que eu disse. — É como você encara isso?

— Claro. Não tenho mais atração romântica por você do que tenho por uma colher de chá — cuspo as palavras. — Nunca desejei você, nunca! Mas era seu amigo, um amigo de verdade. Muito mais do que você foi para mim.

O rosto de Rebecca assume uma palidez mortal. Ela pestaneja depressa, e fico atônito ao ver lágrimas em seus olhos. Rebecca nunca chora. Mas desvio o olhar, sabendo que são apenas lágrimas de crocodilo de uma atriz tentando obter o que quer.

Uma campainha soa na sala, e um instante depois dois guardas surgem à porta.

— Obrigada pela pronta chegada, cavalheiros. Por favor, revistem a bolsa e os bolsos da senhorita Windsor, e depois escoltem-na de volta a Nova York — orienta-os Millicent. — Levem-na de volta de trem. Ela é uma ladra e uma mentirosa.

O semblante de Rebecca torna-se monstruoso pela fúria.

— Vocês não têm o direito de fazer isso! Sou *Rebecca Windsor*! Meu pai pode...

— Seu nome não significa nada aqui — Millicent a interrompe com firmeza.

Um dos guardas tira um livro de capa de couro da bolsa de Rebecca e o entrega a Millicent. Esta sorri ao entregá-lo a mim.

— Creio que isto pertence a você.

É o *Manual da Sociedade Temporal*. A essa altura, Rebecca está chutando e socando os guardas enquanto eles a arrastam para fora.

— Você vai se arrepender disso! — grita ela para mim. — Vai se arrepender por me transformar em sua inimiga. Juro que vou destruí-lo!

— Vá em frente e tente — digo, encolerizado. — Não há nada mais que você possa fazer contra mim.

Os guardas arrastam Rebecca para longe, e seus gritos ficam mais débeis, até desaparecerem. Desabo numa cadeira, subitamente exausto.

— Obrigado — digo a Millicent. — Obrigado por resgatar o legado do meu pai. Desejaria ter sabido antes quem ele era de fato. Agora... só espero deixá-lo orgulhoso.

Millicent pousa a mão em meu ombro.

— Creio que o fará. Você é um de nós. Você é um Guardião do Tempo.

A maioria dos viajantes do tempo fica encantada ao descobrir seu poder, em pouco tempo passando a apreciá-lo acima de qualquer outra coisa. Alguns poucos, porém, recusam-se a aceitar o dom. Ser diferente da maioria muitas vezes é considerado "errado", e alguns Guardiões do Tempo consideram suas capacidades, equivocadamente, como prova de serem uma aberração — algo que não poderia estar mais distante da realidade. Nós, Guardiões do Tempo, temos um dom e somos escolhidos. Você, que lê isto agora, tem um dom e é um escolhido. Lembre-se sempre disso.

— MANUAL DA SOCIEDADE TEMPORAL

9

$\mathcal{M}$ichele ficou olhando espantada o diário que tinha nas mãos, incapaz de acreditar nas palavras escritas em suas páginas. Assim como a vida de Irving havia mudado para sempre no dia em que ele conhecera Millicent August e descobrira a verdade, agora a história dele havia alterado também o mundo de Michele. Ela ainda não conseguia entender direito todos os fatos, que iam dos feitos horrendos de Rebecca à compreensão de que ela própria e seu pai eram parte de algo muito maior do que ela poderia ter imaginado. Havia um *universo* de viajantes do tempo, pessoas que tinham as mesmas experiências que ela tivera! Seu coração disparou quando imaginou viajar ao hotel Aura e encontrar lá os demais Guardiões do Tempo. E pensar que, o tempo todo, a sede da Sociedade Temporal estivera tão perto de seu antigo lar, em Los Angeles.

Os Guardiões do Tempo podem me dizer o que aconteceu com meu pai, Michele percebeu. *Eles podem me ajudar a encontrá-lo!* Mas então sentiu uma onda de desespero invadi-la, recordando que sua chave se fora.

Ela havia perdido a única forma de encontrar o pai, e extraviado o que havia sido seu bem mais precioso.

E quanto ao fato de que voltei no tempo esta noite, no baile?, ela se perguntou, levantando-se de repente e andando de um lado para o outro, esperançosa. Mas, enquanto pensava sobre aquilo, Michele percebeu que deveria haver outra explicação — como a teoria de visão compartilhada sugerida por Caissie. Se ela *de fato* pudesse viajar sem a chave, teria sido transportada para 1888 enquanto lia o diário do pai, da mesma maneira que a chave a enviara ao tempo de Clara Windsor, em 1910, enquanto lia o diário de sua tia-bisavó, meses antes, e depois para o tempo de Lily Windsor, em 1925, ao descobrir as letras escritas naquela época pela bisavó. Não... o poder de viajar no tempo estava contido na chave. E ela a perdera.

— Eu sinto tanto, papai — sussurrou no silêncio.

Seu estômago se contraía ao pensar em Rebecca vingando-se e roubando a chave de novo. Embora Philip tivesse dito que ela não havia tocado em Michele na sala de ensaios, sabia não ser uma coincidência alguém ter roubado a chave no momento exato em que Rebecca tinha aparecido. O ladrão devia ser alguém que trabalhava para ela.

Mas faltava uma peça enorme do quebra-cabeça. Se Rebecca havia sido expulsa da sociedade sem uma chave para lhe devolver o poder, *como* ela havia conseguido se tornar uma viajante? De que modo pudera, depois de morta, atormentar Walter e Dorothy e perseguir Michele e Philip? Como podia ter a aparência de uma adolescente; como era capaz de fazer o que quer que fosse, quando devia estar impotente e morta, debaixo da terra?

Michele pegou o *Manual da Sociedade Temporal*, perguntando-se se aquele livro de magia teria alguma resposta. Fechou os olhos, percebendo que o manual havia estado no hotel Aura, bem no centro do confronto entre Irving, Millicent e Rebecca. Tanta coisa acontecera nos 120 anos desde então. Era incrível olhar para aquele livro e saber que ele havia sobrevivido a tudo e estava agora em suas mãos. Ela o abriu e começou a passar os olhos pelas palavras, ansiosa e impaciente demais para lê-lo de verdade, embora soubesse que precisaria fazê-lo em breve.

Seus olhos pousaram em certas frases enquanto ela folheava o livro. "Manipulação da Idade" era o título de um dos capítulos, e ela se surpreendeu ao ler a primeira sentença: "A Manipulação da Idade é a arte de viajar pelo tempo no corpo de seu eu mais jovem ou mais velho." Releu a frase, perguntando-se se *realmente* queria dizer que pessoas com seus 40 ou 50 anos poderiam viajar no tempo com o corpo que tinham aos 20... e vice-versa.

O capítulo seguinte era intitulado "O paradigma da Visibilidade" e revelava que: "para aparecer como um ser humano sólido e visível, e efetuar alterações num outro tempo, você deve passar sete dias seguidos no período temporal alternativo antes que seu corpo abandone o presente real e reúna-se a você no passado ou no futuro. Até então, você fica invisível, aparecendo somente para quem tem o Dom da Visão. Entretanto, em nossa sociedade, permanecer em outro tempo mais do que sete dias é proibido. Veja as Quatro Leis Cardeais."

Com a adrenalina a mil, Michele procurou rapidamente no livro até encontrar a definição do Dom da Visão: "é a capacidade dos seres humanos comuns de ver espíritos e viajantes do tempo. Em geral é um dom herdado. O Dom da Visão floresce entre os jovens de imaginação fértil, e ocasionalmente pode falhar e desaparecer com a idade."

Michele soltou uma exclamação. Agora tinha a resposta à pergunta na qual pensava fazia semanas: por que ela havia sido invisível para todo mundo no passado, exceto para as garotas Windsor e para Philip. Era evidente que o Dom da Visão existia na família Windsor, e Dorothy e Philip também o possuíam.

O cabeçalho da última página chamou a atenção de Michele: As Quatro Leis Cardeais da Viagem no Tempo.

*Guardiões do Tempo não devem interferir na Vida ou na Morte. Conse-
quências terríveis foram observadas quando esse alerta foi ignorado. Sua
assinatura no documento de filiação indica a compreensão das Quatro Leis
Cardeais a seguir. Você está de acordo, portanto, que o não cumprimento
dessas leis resultará em sua remoção imediata da Sociedade Temporal e
apreensão de sua chave.*

1. Nunca cometer assassinato.

*2. Nunca tentar resgatar pessoas falecidas do mundo dos mortos. Isso
inclui viajar ao passado para impedir que uma morte ocorra.*

*3. Nunca conceber uma criança no passado ou no futuro, OU conceber
uma criança com uma pessoa de outro tempo. Isso resulta em crianças
transtemporais, que não podem pertencer inteiramente a nenhum Presente real, e que estarão sempre divididas entre os tempos do pai e da mãe.*

*4. Para evitar tais resultados catastróficos, e para evitar interferências
na Linha Temporal Natural, nunca permanecer em qualquer tempo que
não seja seu Presente real por mais do que sete dias seguidos. Nunca atin-
gir a Visibilidade plena em qualquer outro tempo que não o próprio.*

Michele sentiu o coração bater na garganta enquanto lia a terceira
e a quarta leis — ambas quebradas por seu pai. As palavras pareciam
mover-se pela página, ficando borradas diante de seus olhos, e uma
onda gelada de medo a invadiu por dentro. *Eu não deveria ter nascido*,
pensou em pânico. O que Millicent August queria dizer quando escreveu que crianças transtemporais "estarão sempre divididas entre
os tempos do pai e da mãe"? Qual seria o *resultado catastrófico* que ela
teria pela frente?

De repente, Michele teve uma sensação de claustrofobia. Precisava
sair do túnel. Precisava de ar. Depois de enfiar os diários do pai e o
Manual da Sociedade Temporal às pressas de volta na caixa, cambaleou
passagem afora.

Michele saiu para a noite pelas portas da frente da Mansão Windsor, com a respiração entrecortada, enquanto olhava ao redor, para um

mundo que já não fazia nenhum sentido. Cruzou os portões e saiu correndo, forçando-se a pôr de lado qualquer pensamento sobre os avós e o provável pânico que sentiriam ao dar pela falta dela tão tarde da noite. Qualquer vestígio de segurança que tivesse sentido na vida agora havia virado de cabeça para baixo, e Michele precisava correr, para ignorar o conhecimento indesejável que lhe toldava a mente.

Michele corria tão depressa que os marcos e as cenas de Manhattan pareciam mover-se e se transformar enquanto ela passava por eles. Diante do resplandecente hotel Plaza, a limusine estacionada à entrada tremulou até não ser mais um automóvel, e sim uma carruagem formal puxada por cavalos. Michele piscou os olhos depressa enquanto prosseguia pela Quinta Avenida, quase desabando no chão ao ver que todas as construções e lojas modernas haviam desaparecido. Bergdorf Goodman e Henri Bendel, Abercrombie & Fitch, Gap — todas haviam sumido. Em seu lugar, aqueles quarteirões comerciais agora estavam ocupados por casas extravagantes semelhantes à Mansão Windsor.

É só minha imaginação, Michele disse a si mesma. *Não posso estar no passado.*

Correndo ainda mais, cruzou da Quinta para a Sexta Avenida, as ruas ainda em uma versão diferente do tempo, sem nenhum vestígio de carros ou edifícios modernos. Michele viu um garoto espectral e solitário vendendo jornais, e olhou mais de perto para a data, em grandes letras: 29 de novembro de 1904.

Impossível. Não tenho a chave.

Desceu correndo a Sétima Avenida, sem diminuir a velocidade, até avistar a grande estrutura em pedra marrom do prédio de apartamentos Osborne. Quando se deteve, tudo ao redor voltou ao normal. Os táxis amarelos retomaram os devidos lugares, arranha-céus contemporâneos ressurgiram no céu, e os letreiros luminosos voltaram a anunciar os mais novos sucessos da Broadway.

Michele respirou fundo, olhando surpresa para o Osborne. Não havia percebido que estivera correndo para encontrar Philip. Mas ali estava ela, e não conseguia imaginar estar em qualquer outro lugar. Deu um passo hesitante, aproximando-se mais, e levantou os olhos para a janela dele. As cortinas estavam fechadas.

Uma onda de exaustão envolveu Michele e, antes de se virar e ir embora para casa, olhou para a janela de Philip uma vez mais. Estremeceu quando entreviu uma mão abrindo a cortina. Um rosto surgiu, e Michele ficou boquiaberta quando o Philip adulto, da década de 1930, olhou para a noite com uma expressão sonhadora.

— Ai, meu Deus. — Definitivamente, estava tendo alucinações.

Michele piscou os olhos e, quando voltou a olhar, as cortinas estavam de novo fechadas. Se ao menos ele tivesse aparecido ali *de verdade*... Com um último olhar cheio de saudade, afastou-se do Osborne e voltou para casa.

QUINTO DIA

Michele sorveu, inquieta, um gole de água enquanto olhava para fora através da janela do Celsius, restaurante todo envidraçado que dava vista para o parque Bryant e o rinque de patinação no gelo. A colossal estrutura da Biblioteca Pública de Nova York, em seu estilo *beaux-arts*, erguia-se logo atrás do rinque, e parte de Michele queria sair correndo do restaurante antes que sua convidada chegasse, para se esconder em meio aos livros. Mas então entrou uma mulher com seus trinta e tantos anos, com olhos verdes calorosos e acolhedores, e Michele sentiu-se relaxar.

— Você deve ser a filha de Marion. — A mulher cumprimentou-a com um sorriso. — Eu reconheceria esses olhos em qualquer lugar. Sou Elizabeth Jade.

— Oi.

Michele ergueu-se para apertar-lhe a mão, mas Elizabeth envolveu-a num abraço.

— É tão maravilhoso conhecer você. Eu... lamento tanto sobre sua mãe.

Os olhos de Elizabeth encheram-se de tristeza, e naquele momento Michele pôde sentir a amizade que sua mãe e Elizabeth haviam compartilhado no passado.

— Meu avô disse que você ligou no dia em que ela morreu — contou Michele. — O que levou você a entrar em contato depois de tantos anos?

— Eu sempre pensava nela. Não foi só naquele dia — explicou Elizabeth, sentando-se à mesa de frente para Michele. — Nós duas mudamos muito na adolescência. Fui para o internato e desenvolvi minha habilidade psíquica, que no início fez com que me tornasse uma pessoa solitária. Estava assustada e atordoada, e era muito mais fácil ficar sozinha do que tentar agir como uma adolescente normal com meus amigos. Quando consegui me adaptar e estava confiante com minha nova vida, Marion havia se mudado para Los Angeles. Parecia que a janela de nossa amizade havia se fechado, mas eu sentia saudades dela. Sentia saudades daqueles dias.

Elizabeth pegou a bolsa e tirou uma fotografia, deslizando-a pela mesa para que Michele a visse: Marion e Elizabeth, com 12 anos, de marias-chiquinhas e vestidas com jardineiras de cores fluorescentes combinando. Enquanto olhava a foto, Michele pegou-se sorrindo e ao mesmo tempo tentando conter as lágrimas.

— Crianças dos anos 1980 — comentou Elizabeth com um leve sorriso. — Nós nos divertíamos muito. — O sorriso desapareceu. — No dia em que sua mãe morreu, acordei com um nó terrível no estômago. O nome dela estava em minha mente e, embora eu soubesse quase com certeza de que ela ainda estava em Los Angeles, telefonei para seus avós, porque eles eram minha única ligação com ela. Tudo o que eu queria era ouvir seu avô dizer que estava tudo bem, que Marion estava feliz e em segurança em Los Angeles. E ele disse isso... mas depois todos nós lemos a notícia no jornal.

Michele assentiu, desviando o olhar. Não aguentaria ouvir mais nada sobre o pior dia de sua vida, e Elizabeth percebeu isso, mudando rápido de assunto.

— Quero saber tudo sobre você. Sua avó me contou algumas coisas bem incríveis. Se você fosse qualquer outra, talvez eu não acreditasse nela, mas sou a última pessoa que pode duvidar das experiências sobrenaturais de alguém. — Elizabeth deu um sorrisinho torto.

Michele respirou fundo, por um momento na dúvida sobre quanto contar a Elizabeth. Mas, ao olhar a foto tão doce e a mulher gentil a sua frente, de repente deixou jorrar toda a história — desde o romance com Philip no passado ao surgimento do novo Philip dos dias de hoje; as descobertas sobre seu pai e sua identidade como uma transtemporal de nascimento acidental; e, claro, a ameaça de Rebecca. Quando Michele finalmente terminou, os olhos arregalados de Elizabeth fizeram com que se perguntasse se tinha sido apressada demais ao se abrir com a amiga da mãe. E se tudo aquilo fosse louco demais até mesmo para uma médium aceitar? Mas então Elizabeth abriu um largo sorriso, estendendo a mão pela mesa para apertar a dela.

— Claro que Marion Windsor teria uma filha tão incrível quanto você — ela se admirou. — Nem por um momento pense em si mesma como um erro. Seus pais se apaixonaram por algum motivo, e acredito que foi porque você *devia* existir. Grandes coisas virão de suas habilidades. Posso sentir isso.

Michele sentiu lágrimas de alívio nos olhos, e desta vez não as conteve.

— Obrigada — murmurou, enxugando o rosto. — Não sei se consigo acreditar nisso neste momento, com tudo o que li no *Manual da Sociedade Temporal* até agora, mas você me deu alguma esperança.

— Gostaria de colocá-la sob hipnose amanhã, em meu estúdio de meditação, se você se sentir à vontade com a ideia — disse Elizabeth.

— Acredito que seu subconsciente é muito poderoso, forte o suficiente para nos dar respostas sobre como você deve agir para derrotar Rebecca.

Michele hesitou.

— Hipnose parece tão... radical. O que é, na verdade? O que vai acontecer?

— Não há nada com que se preocupar — garantiu Elizabeth. — Vou apenas guiar você durante a meditação e a respiração profunda, para ajudá-la a bloquear de modo temporário sua mente consciente e despertar seu subconsciente, para que nos mostre o que precisa saber. A hipnose dura trinta minutos ou até menos, e depois tudo volta ao normal. Prometo que será seguro.

— Tá legal — Michele concordou. — Estou nessa.

— Ótimo. Agora, com relação à parte dos dois Philips... Sua mãe alguma vez lhe falou do livro que leu no sétimo ano, *A Alma Reencarnada*?

— Não me lembro de ela ter falado nisso. Parece um livro sério demais para uma aluna de sétimo ano ler. — Michele abriu um sorriso carinhoso ao olhar a foto de sua mãe como uma garota precoce de doze anos.

— E era. Fui eu quem o recomendou a ela — admitiu Elizabeth. — O livro era o relato em primeira mão do doutor Daniel Ross, um respeitado psiquiatra do Johns Hopkins, que trabalhava com crianças que podiam se lembrar de suas vidas passadas. Ele trabalhou com um menininho cujas primeiras palavras foram em gaélico em vez de em inglês; um adolescente que se recordava de toda a sua vida como piloto de caça na Segunda Guerra Mundial; e muitos outros casos semelhantes. O doutor Ross acreditava que todos renascemos depois da morte e que, embora tenhamos um novo corpo e uma nova existência, nosso espírito permanece o mesmo. Isso explica o fenômeno comum do *déjà-vu*, bem como a sensação de que conhecemos há muito tempo alguém que acabamos de encontrar.

Elizabeth fez uma pausa antes de continuar:

— Acredito... na verdade, tenho bastante certeza de que o Philip Walker atual é uma reencarnação do Philip Walker com quem você teve um relacionamento em 1910.

Michele quase engasgou com sua bebida.

— Espera aí... *o quê?* Está falando sério? Eu mal consigo aceitar a ideia de viagens no tempo e de pertencer a duas épocas diferentes, e agora você acrescenta a reencarnação a essa história?

— Posso entender que pareça loucura para você. Mas há muita gente por aí que dá motivos bem convincentes para se acreditar em reencarnação. Isso explicaria muita coisa sobre você e o novo Philip, inclusive o porquê de sua presença trazer-lhe sensações e fragmentos de lembranças, em vez de ele se lembrar claramente de quem você é e do relacionamento entre vocês. Porque é raro que as pessoas se lembrem em detalhe de vidas anteriores sem fazer uma regressão a vidas passadas.

Michele soltou o ar devagar, absorvendo todas aquelas incríveis informações.

— Ele prometeu que encontraria um modo de voltar para mim — ela disse. — Era disso que ele estava falando?

— Um século atrás, as pessoas sabiam ainda menos sobre reencarnação do que sabemos hoje. No entanto, a intenção de Philip de voltar a encontrá-la deve ter permanecido com seu espírito depois da morte, fazendo com que ele renascesse num momento em que vocês dois pudessem ficar juntos. A teoria da reencarnação diz que as almas com assuntos inacabados retornam não apenas à Terra, mas também em meio às mesmas pessoas que conheceram em vidas anteriores. Philip obviamente tinha assuntos inacabados com você, e ele escolheu viver de novo. Escolheu estar com você.

Michele tentou falar, mas não conseguiu. Elizabeth tocou sua mão, compreensiva.

— Eu sei. É muita informação para absorver, mesmo para alguém que já passou por tanta coisa como você. Quando se entra no domínio do paranormal, raramente há um modo de reunir provas científicas, e, sendo assim, no fim das contas, você deve confiar e acreditar no que lhe dá a sensação de estar certo.

— Isso parece certo — Michele conseguiu falar. — É inacreditável, mas... dá a sensação de ser a resposta pela qual estou procurando.

Voltando para casa, a mente a mil com as palavras de Elizabeth, Michele foi direto para a passagem secreta. Se Philip de fato tinha voltado por ela, então havia ainda mais motivos para lutar — e para permanecer no presente. Abriu o diário de Irving na página onde havia parado de ler, disposta a descobrir tudo o que pudesse.

Sede da Sociedade Temporal

- Sala de estar da presidência
- Salão e restaurante Sundial
- Gabinete da presidência

10

DIÁRIO DE IRVING HENRY
2 de fevereiro de 1888

*M*illicent August sorri ao entregar-me uma pequena pilha de documentos, todos com o símbolo da Sociedade Temporal: uma coroa circundando um relógio.

— Depois que assinar estes contratos, você será formalmente aceito na Sociedade Temporal.

Rabisco minha assinatura e sinto uma pontada de tristeza inesperada. *Nada vai ser igual novamente.* A inocência da juventude desapareceu no momento em que descobri a verdade, e com ela desapareceu também minha antiga vida. Nunca mais serei Irving Henry, o universitário despreocupado que chama de lar os aposentos do subsolo das Mansões Windsor e que tem como família Rupert e os demais empregados dos Windsor. Pela primeira vez, estou realmente por conta própria. Sei que a mudança é para melhor, e é claro que me dou conta de que este dom recém-descoberto é a grande aventura que sempre desejei. Ainda assim, porém, vejo-me desejando poder me apegar à infância só mais um pouco, antes de encarar sozinho o mundo desconhecido.

— Imagino que você não vá voltar à Mansão Windsor — diz Millicent, como se lesse meus pensamentos.

— Não, nunca mais vou morar lá — respondo com firmeza.

— E quanto à universidade? Vai voltar a Cornell?

— Não tenho certeza do que vou fazer — admito. — Só o que sei é que minha antiga vida não serve mais.

Millicent assente, concordando.

— Sim, posso ver isso. Bem, todos os Guardiões do Tempo são bem-vindos para ficar no Aura pelo tempo que quiserem. Gostaria de reservar um quarto? Pode começar agora mesmo a primeira missão: sua iniciação. Nos próximos meses, você será incumbido de visitar e proteger diversos anos, mas sua primeira missão será apenas *aprender* os detalhes da viagem no tempo, para a data de sua escolha.

Meu coração acelera ao me lembrar de minha visão na passagem secreta.

— Sim, eu gostaria de começar agora mesmo. E já tenho uma data e um local em mente. — Respiro fundo. — O ano de 1991, em Nova York.

Millicent ergue as sobrancelhas.

— Algum motivo em particular?

— Quero ir tão longe no futuro quanto minha mente é capaz de imaginar — respondo, o que é bem verdadeiro.

— Você vai precisar de uma ajuda preparatória nessa missão — alerta Millicent. — Um de nossos Guardiões, para quem 1991 é o Presente, irá treiná-lo antes que você faça o salto temporal. Quando viajamos, sempre temos que ser cautelosos com as pessoas que têm o Dom da Visão, e é por isso que devemos nos integrar aos diferentes períodos do tempo e não atrair atenção para nós mesmos. O mundo de 1991 será totalmente diferente para você.

— Consigo fazer isso — digo com ousadia, embora por dentro comece a sentir a primeira pontada de nervosismo.

— Se há alguém que pode realizar uma proeza impressionante, imagino que seja você. — Ela faz uma pausa. — Há algo mais que deve saber sobre seu pai. Além de mim, Byron era um dos poucos Guardiões do Tempo poderosos o suficiente para empreender uma viagem no tempo sem uma chave. Ele era famoso na sociedade por causa disso.

Olho para ela, incapaz de falar.

— Tudo bem com você? — pergunta Millicent.

— Eu... eu achei que conhecia tão bem meu pai — respondo, quando por fim recupero a voz. — Ele sempre foi meu herói, mas eu achava que era apenas um homem simples e bom. Meu pai, o mordomo. Por que ele não me contou sobre tudo isso? E o que me deixa mais intrigado é por que ele trabalhava como empregado se era um viajante do tempo tão poderoso. Não faz sentido.

— Ele queria que você fosse normal pelo tempo mais longo possível. É o que nossos mais velhos desejam para nós antes que sejamos expostos às viagens no tempo. Minha avó fez o mesmo comigo quando eu era jovem — revela Millicent. — Além do mais, ser mordomo de uma família como os Windsor é uma posição de muito prestígio.

Concordo com um lento aceno de cabeça.

— Eu... eu também vou ser capaz de fazer isso? Viajar sem uma chave?

— É improvável. Ainda não encontramos dois Guardiões do Tempo na mesma família que possam viajar sem chave. Mas há outros dons que espero que descubra — ela diz, sorrindo para mim.

Momentos depois, estou sozinho na biblioteca da sede, rodeado por uma pilha de livros a fim de me preparar para minha primeira missão. Enquanto examino ansioso *A Mecânica da Viagem no Tempo*, ouço o som da porta se abrindo. Uma jovem entra, usando uma roupa tão bizarra, que me faz recordar da minha visão da Quinta Avenida alternativa na véspera de Natal.

Está vestida com calças de brim azul-claro, algo que em minha época só os caubóis usam, e uma camiseta de um laranja intenso e ofuscante, sob uma jaqueta de brim. Seus sapatos são diferentes de qualquer coisa que eu já tenha visto, uma estranha combinação de lona e borracha. O mais estranho de tudo é o cabelo, preso como um rabo de cavalo na parte de trás da cabeça. A garota percebe meu espanto e ri.

— Aposto que nunca viu ninguém do meu tempo antes. — Ela se aproxima de mim, estendendo a mão. — Sou Celeste Roberts, nascida em 1975, proveniente do meu Presente em 1991.

— O quê? — Olho para ela boquiaberta.

Celeste me examina com mais atenção.

— Uau, você é realmente novo, não é? Isso é muito legal!

Faço que sim, envergonhado.

— Tá legal, me diga seu nome, quando nasceu e de que tempo vem — orienta Celeste. — É assim que cumprimentamos os Guardiões do Tempo que nunca vimos antes. Dessa maneira, podemos nos lembrar de todo mundo e a qual tempo cada um pertence realmente.

— Ah, certo. Sou Irving Henry. Nasci mais de um século antes de você, em 1869, e *estou* no Presente: 1888.

— Uau, você já está morto faz um tempão de onde eu venho!

— E *você* tecnicamente não está viva neste momento — retruco, balançando a cabeça de surpresa. — É uma mágica incrível, não é?

— Com certeza — concorda Celeste. — Então, me disseram que escolheu 1991 para sua missão inicial! É uma escolha ousada, mas você vai adorar. Os anos 1990 são o *máximo*. Estou aqui para preparar você para as mudanças dramáticas que vai enfrentar, portanto, vamos lá!

Sigo Celeste pelos corredores abobadados da sede, tentando acompanhá-la enquanto ela tagarela.

— Você não precisa só de roupas novas. Vai ter que cortar o cabelo imediatamente. Esse corte é antiquado demais. Curto e dividido do lado; é desse jeito que todos os caras atraentes usam o cabelo nos anos 1990. E lembre-se: se for abordado por alguém com o Dom da Visão, diga sempre que se chama Henry Irving. Ninguém com sua idade se chamaria Irving.

— Tudo bem — respondo, hesitante, enquanto chegamos à excêntrica butique de três andares chamada Roupas de Época.

Manequins nas vitrines apresentam a mais ampla variedade de roupas imaginável, desde vestidos elisabetanos com rufos combinando, uniformes de equitação da era colonial e vestidos de baile e *smokings* do meu século, até vestidos que chegam apenas às *coxas*, e roupas esportivas masculinas que parecem ter sido desenhadas para o espaço exterior.

Abro a porta para Celeste e, ao entrarmos, uma mulher miúda surge rapidamente diante de nós, usando um vestido longo com cintura império e tendo nas mãos uma fita métrica. Ela tem cabelo loiro curto e encaracolado, e os olhos parecem quase cor de lavanda.

— Olá! Bem-vindos à Butique Roupas de Época. Sou Lottie Fink, nascida em 1863. Em que posso ajudá-los?

— Estou procurando roupas para usar em 1991 — digo-lhe, sentindo minha pulsação se acelerar com aquele pensamento. Já não se trata mais de apenas um sonho.

— Ah, esse é um pedido que não ouço todo dia — diz Lottie com um sorriso. — Vamos lá para cima comigo.

Enquanto passamos por araras de roupas, de repente me lembro de que todo o meu dinheiro está em Nova York.

— Não tenho dinheiro algum comigo — murmuro para Celeste. — Devo ir...

— Não se preocupe, isso é comum aqui — tranquiliza-me ela. — Todos os Guardiões do Tempo têm uma conta aqui na sede, e recebemos a cobrança duas vezes por ano. Você pode até pegar dólares de 1990 emprestados da casa de câmbio, e eles colocam o valor em sua conta.

Respiro aliviado

— A sociedade pensa em tudo, não é?

Lottie detém-se diante de uma coleção de roupas de aparência excêntrica, passando-me uma pilha de camisas de algodão lisas, numa variedade de cores, e três pares de calças de caubói de brim azul, parecidas com as de Celeste.

— *Jeans* e camisetas, são a roupa padrão nos anos 1990 — declara Lottie.

Jeans. Então é assim que se chamam. Olho para Lottie, surpreso.

— Tanto homens quanto mulheres usam esses... *jeans*? E onde estão as mangas das camisas?

Celeste ri.

— Estas são camisetas; elas devem ter mangas curtas. E todo mundo usa *jeans* nos anos 1990: gente de idade, crianças, caras e garotas. A única diferença é que nós, garotas, usamos *jeans* mais apertados, e os caras usam mais folgados.

Lottie ergue a tampa de uma caixa de sapato e me mostra um par de sapatos de lona e borracha com a palavra "Adidas" escrita do lado.

— Estes sapatos se chamam tênis, e você pode usá-los quase todos os dias, com os *jeans*.

Celeste abre uma sacola de compras e coloca os itens dentro, ainda olhando com divertimento para as curiosas peças de roupa. Lottie se enfia no meio das araras e volta momentos depois com um par de calças marrons e uma jaqueta azul-escura, e também com outra caixa de sapatos sob o braço.

— Para vestir-se mais formalmente, você pode usar essas calças cáqui e um blazer por cima de uma de suas camisetas, com este par de sapatos de couro marrom.

— Ele deveria ter também uma jaqueta de couro preto — Celeste diz a Lottie. — E um par de suéteres Tommy Hilfiger.

Quase uma hora depois, saio da Roupas de Época muito diferente do que entrei, quase irreconhecível. Depois de escolher meu guarda-roupa, Lottie me levou à barbearia nos fundos da loja, onde um barbeiro cortou bem curto meu cabelo ondulado e raspou meu bigode, dando-me uma aparência de garoto, mais jovem que meus 19 anos. Em vez do meu terno vitoriano de três peças e o chapéu-coco, uso agora *jeans* Levi's e uma camiseta preta, com um tipo de chapéu que Lottie chama de "boné de beisebol". Sinto-me estranho e rígido, como se estivesse usando a pele de outra pessoa, mas Celeste sorri para mim em aprovação enquanto saímos da loja.

— *Muito* melhor!

Celeste me guia até o saguão de entrada com paredes revestidas de madeira, um espaço enorme cujo telhado estende-se tão alto quanto a vista consegue alcançar.

— Esta é sua última parada — diz, indicando com a cabeça o balcão de reservas. — Millicent já reservou o quarto 1.991 em seu nome, de modo que tudo o que tem a fazer é pegar sua chave e tomar o elevador até o nono andar.

Olho para Celeste com gratidão.

— Não sei como lhe agradecer por tudo isso. Estaria perdido com todas essas coisas se não fosse você.

Ela sorri.

— Ah, foi divertido. Faz uns dois anos que esse mundo deixou de ser novidade para mim... Foi interessante vê-lo através dos seus olhos. — Ela me dá um abraço caloroso. — Boa sorte em 1991, e ligue para mim se tiver algum problema. Você pode encontrar meu número nas páginas amarelas, em Brick, Nova Jérsei.

— Páginas amarelas? — repito. Mas Celeste já havia desaparecido.

Giro a chave do quarto 1.991, as mãos tremendo de ansiedade enquanto me pergunto o que vou encontrar lá dentro. Lembro-me do que Millicent havia dito mais cedo: "Cada quarto aqui no Aura está montado para representar um período diferente, repleto de decoração, literatura e documentos da época. Isso foi feito para nos ajudar a assimilar a época para a qual viajaremos. Por exemplo, se vou viajar para o ano de 1750, eu passaria a noite no quarto 1.750, estudando todos os documentos e artefatos daquele ano, coletados por nosso Comitê de Pesquisa."

Ouço vozes dentro do meu quarto, e depressa acendo as luzes. Minhas pernas quase cedem diante do que vejo.

Um armário bege alto ergue-se diante da cama, com estantes abertas, revelando uma tela com moldura preta. E há pessoas de verdade, *pequeninas*, dentro da tela — pessoas que falam comigo e riem alto, com roupas, cabelos e rostos em cores.

Corro até a tela.

— Quem está aí? Quem são vocês? O que querem?

Mas as pessoas em miniatura ali dentro, uma espécie de família, parecem não me ouvir. Continuam a conversar, enquanto risadas soam, vindas de algum lugar não visível. Hesitante, levo a mão para tocar a tela, e não sinto nada além de uma superfície lisa e dura. Um livro está apoiado nela, com o título de *Manual de Televisão*, e deixo escapar um longo suspiro de alívio. Televisão. Celeste havia mencionado algo a respeito. Mas nada poderia ter me preparado para aquilo.

Percorro lentamente o quarto, onde vários objetos têm luzes que piscam e parecem de alguma forma ter vida. Uma caixa cinza-escura sob a televisão está marcada com as letras *VCR*, e a seu lado há uma caixa de um cinza mais claro, que diz Super Nintendo. Uma mesa branca e frágil sustenta uma espécie de máquina de escrever com uma tela acoplada. Aventuro-me perto dela, apertando uma das teclas, e dou um pulo para trás, assustado, quando na tela surge o desenho de uma maçã.

— *Macintosh* — sussurro, lendo as palavras sob a imagem. O que isso significa? A máquina agora zumbe e chia, e afasto-me dela.

Não há quadros decorando o quarto. Em vez disso, as paredes estão cobertas com enormes fotografias coloridas. Uma delas mostra uma mulher ruiva com pouca roupa, costas contra costas com um cavalheiro, e as palavras *Uma Linda Mulher* escritas de alto a baixo de um lado da imagem. Outra fotografia mostra cinco rapazes jovens com jaquetas combinando, com a frase *Boyz II Men, Cooleyhighharmony* escrita embaixo.

Olho ao redor desesperado, sentindo-me zonzo com as visões e os sons daquele quarto. *Mil novecentos e noventa e um não é meu lugar*, penso em pânico. *O que estou fazendo?*

Quando estou a ponto de retroceder, o rosto do meu pai preenche minha mente. Meu pai, que era poderoso o suficiente para viajar pelo tempo mesmo sem sua chave, acreditou que eu seria um sucessor à altura. Esta é minha chance de provar que ele tinha razão.

— Aprenderei tudo o que puder sobre os anos 1990 bem aqui. Este aposento tem todo o conhecimento de que necessito — digo a mim mesmo. — E, em poucos dias, minha jornada no futuro terá início.

Mesmo que minha memória me falhe no futuro, ainda assim serei capaz de percorrer novamente, com toda a certeza, as pegadas de minha alma.

— YE SI

11

Quando Philip Walker se aproximou da Mansão Windsor na tarde de domingo, foi com a sensação de retornar a um lugar que no passado tinha significado muita coisa para ele. *O que está acontecendo comigo?* Ele se fizera essa pergunta inúmeras vezes desde o dia em que havia chegado a Nova York, mas ainda não tinha respostas claras, somente peças de um quebra-cabeça que, aparentemente, não era capaz de resolver.

Endireitou o corpo ao chegar perto dos altos portões de entrada, o coração acelerado. O edifício de apartamentos ao lado da Mansão Windsor chamou sua atenção e, ao olhar para ele, seu rosto empalideceu. De algum modo, conhecia aquele edifício, assim como parecia conhecer a Mansão Windsor, sem nunca ter entrado ali.

Trêmulo, apertou o botão do interfone no portão. A voz cordial de uma mulher atendeu, e ele pigarreou antes de falar:

— Meu nome é Philip Walker. Gostaria de falar com Michele.

Michele derrubou seu copo d'água, tal foi a surpresa quando Annaleigh lhe informou que Philip Walker estava ali. Às pressas, tirou o pijama e vestiu calças *jeans* e um suéter grosso de tricô, passando uma escova no cabelo e um pouco de brilho nos lábios antes de descer correndo as escadas para se encontrar com ele. A visão de Philip parado no Saguão Principal, absurdamente atraente em seus *jeans* e um suéter preto, fez uma faísca elétrica percorrer seu corpo.

— Oi — disse, torcendo para sua voz parecer muito mais calma do que ela se sentia.

— Oi. Desculpe aparecer assim, sei que é tarde. Eu ia ligar, mas percebi que não tenho seu número. Por sorte, seu endereço é bem conhecido. — Ele abriu um sorriso tímido.

— Não tem problema nenhum. E aí, o que foi?

Ao fazer a pergunta, Michele tinha o pressentimento de que já sabia o motivo de ele estar ali.

Philip olhou ao redor, desconfortável, e baixou a voz.

— Eu... precisamos falar sobre ontem à noite.

Michele viu Annaleigh vindo na direção deles e acenou para que Philip a seguisse até a porta de entrada.

— Vamos dar uma volta? — ela sugeriu.

— Claro.

Philip pareceu relaxar visivelmente com a ideia de sair da casa, mas seus ombros ficaram tensos quando atravessaram os portões e ele avistou de novo o prédio de apartamentos ao lado. Ficou olhando a construção, o semblante concentrado.

— Engraçado. Podia jurar que conheço aquele lugar, mas ele está todo errado. Havia uma casa ali, uma mansão feita de tijolos vermelhos e pedra branca. E eu já conhecia sua casa também, antes mesmo de entrar. — Ele olhou para Michele, e havia medo em seus olhos. — Sobre a noite passada... num minuto estávamos conversando no saguão e tudo estava até que normal, mas aí eu parecia alguém totalmente diferente,

um cara de outro tempo, de outro lugar, que era apaixonado por você.
— O rosto de Philip ficou vermelho.

Qualquer outro pensamento abandonou a mente de Michele enquanto ela o encarava, o assombro mesclando-se ao alívio.

— Então você se lembra? Lembra que dançamos juntos... em 1910?

— Eu me lembro de dizer a você que a data era 1910 — disse Philip, incrédulo. — E me lembro de outras coisas também... Como era sentir sua falta e esperar por você. Senti quanto aquele cara gostava de você, como se estivesse acontecendo comigo. E aí, esta manhã, acordei mais cedo do que de costume. Eu estava acordado, mas era como se fosse um sonâmbulo. — Sua voz tinha um traço de espanto enquanto contava a história. — Eu me sentia mais velho e mais pesado, como se não tivesse mais 17 anos. Então me sentei ao piano e, não sei como, comecei a tocar uma música que nunca tinha ouvido. Minha mãe entrou na sala enquanto eu tocava, e disse que conhecia aquela música. Era um velho clássico... chamado *Michele*.

A garganta de Michele tinha um nó devido às lágrimas.

— Essa música foi composta por Phoenix Warren — ela disse. — Cujo nome real era Philip Walker. Ele a escreveu para mim, e então, cinquenta anos depois, minha mãe me deu esse nome por causa dela.

Philip balançou a cabeça numa negativa, como se não estivesse ouvindo bem.

— E você está certo — prosseguiu Michele. — Havia uma casa aqui. Era a Mansão Walker, e você morou nela cem anos atrás, décadas antes de a transformarem nesse prédio de apartamentos. E você *esteve* em minha casa, várias vezes. Foi onde nos encontramos.

Philip deteve-se, olhando fixamente para ela.

— O que está tentando me dizer?

— Estou dizendo que o que o mundo considera impossível *é* possível... Pelo menos, é possível para nós. — Ela respirou fundo, um assunto surgindo de súbito em sua mente. — Quando é seu aniversário?

— Faço 18 anos no dia 12 de dezembro — ele respondeu, lançando-lhe um olhar intrigado. — Mas eu realmente não entendo... — Ele se interrompeu ao ver a expressão de Michele. — Que foi?

— Ele conseguiu — sussurrou Michele. — Philip me prometeu que iria encontrar um jeito de voltar para mim. E conseguiu.

— Agora eu não entendi nada mesmo — gemeu Philip.

— Escute só. Sabe quem mais morou no Osborne, quando já estava mais velho? A mesma pessoa que se parece com você, que tocava piano da mesma forma como você toca. Phoenix Warren; aliás, Philip James Walker. E você nasceu *exatamente no mesmo dia* em que ele morreu.

Michele olhava para Philip com assombro. *Elizabeth estava certa.*

— É quase como se o espírito dele tivesse deixado um corpo em 12 de dezembro de 1992 e... renascido em outro — ela prosseguiu. — Tipo uma reencarnação.

A cor sumiu do rosto de Philip.

— Nossa... A coisa está ficando ainda mais doida do que antes — ele gaguejou. — Eu, a reencarnação de Phoenix Warren? O que você vai me dizer em seguida: que é a verdadeira Billie Holiday e que viajávamos juntos numa trupe musical?

Michele abriu um sorriso triste.

— Não sei se você acredita, mas a história real é ainda mais doida. Acha que está preparado para ouvir?

Philip respirou fundo.

— Tão preparado quanto possível.

Eles desciam pela Quinta Avenida, da mesma forma como haviam feito quando Michele confessara a ele sua verdadeira identidade, em 1910.

— Nunca conheci meu pai, mas, quando me mudei para Nova York, dois meses atrás, encontrei algo que havia pertencido a ele. Era uma chave, uma chave especial... que permite viajar no tempo. Depois descobri que papai era um viajante do tempo do século XIX que viajou para o futuro e se apaixonou por minha mãe. Mas ele desapareceu antes mesmo de saber que ela estava grávida.

Michele respirou fundo ao perceber que acabava de contar a ele seu maior segredo. Agora ele sabia a verdade: ela era uma aberração da natureza, filha do cruzamento de dois tempos diferentes.

— Para encurtar a história, a chave me mandou de volta à Mansão Windsor, mas em 1910. Só duas pessoas podiam me ver enquanto estive lá, e Philip era uma delas. Nós nos apaixonamos — ela disse baixinho. — Foi como algo saído de um filme, o tipo de relacionamento que eu achava que era só fantasia. Mas para nós foi real. Até compusemos algumas músicas juntos. *Bring the Colors Back* [Traga as Cores de Volta] foi nossa primeira música.

Philip engoliu em seco, enquanto seus olhos pareciam se iluminar.

— Mas a diferença de tempo entre nós era um obstáculo grande demais — prosseguiu Michele, a tristeza se infiltrando em sua voz. — Eu não conseguia controlar minhas viagens no tempo, e por isso, às vezes, ele tinha que esperar semanas a fio para me ver, só para me ter em 1910 por algumas horas. Eu não podia existir plenamente em 1910, e falhei ao tentar trazê-lo comigo para o século XXI. Não podíamos continuar daquele jeito, com um século entre nós. Mas, mesmo depois, nunca paramos de nos amar. Trocamos cartas quando viajei para a década de 1920, e ele me deixou um anel... o anel que você está usando agora.

Philip olhou para a própria mão, chocado.

— Este anel? Foi meu pai quem me deu. Ele disse que era herança de família.

— Então você tem parentesco com os mesmos Walker? — perguntou Michele com um leve sorriso.

Philip fez que sim com a cabeça.

— Lembro-me de papai contando-me histórias de ter visitado a casa deles quando era criança, pouco antes que ela fosse doada para a Sociedade de Preservação. Tinha um nome que parecia francês, *Palais de la Mer*, ou algo assim.

— Isso mesmo! — exclamou Michele. — Estive lá. Então o que seu pai disse é verdade. O anel é uma herança de família.

— Mas como teria voltado à família se toda essa sua história for verdade e ele tiver sido dado a *você* tantos anos atrás? — Philip questionou-a.

— Não sei. Mas um dos últimos períodos que visitei foi 1944, e quando voltei ao presente o anel havia sumido. Foi também em 1944 que finalmente vi Philip de novo. Dessa vez, ele já estava mais velho e tinha mudado sua identidade para Phoenix Warren. Encenar a morte de Philip Walker e assumir uma nova identidade foi, para ele, a única forma de continuar com a música e viver livre da opressão da mãe e do tio. Naquela noite, ele também me contou que tinha escrito a sinfonia *Michele* para mim.

Philip ficou olhando fixamente para ela, sem palavras.

— Foi a última vez em que o vi... antes de você aparecer na escola.

— Bom, deixe-me ver se eu entendi. — Philip soltou uma risada incrédula. — Devo acreditar que você é uma viajante do tempo, e eu sou a reencarnação do meu tataratio-avô, que por acaso é um músico famoso que foi seu namorado cem anos atrás?

Michele mordeu o lábio.

— Hã... sim. De maneira bem resumida.

— Então, ou o mundo ficou doido, ou fomos nós dois que ficamos. — Philip inspirou, trêmulo. — Adoraria dizer que não me identifiquei nem um pouco com essa história inacreditável que você contou, mas... Bom, eu não me lembro dos eventos que você mencionou, mas é estranho... Enquanto você falava, senti como se eu soubesse antes o que você ia dizer. Uma sensação de *déjà-vu*.

Philip ficou em silêncio por um instante, antes de continuar:

— *Estou em casa*, foi o que pensei quando vi você naquele primeiro dia de aula. Senti como se estivesse voltando para casa, e isso me confundiu totalmente. Também me senti assim de novo a noite passada, quando estávamos... sei lá o que era aquilo. Mas acho que não posso mais lutar contra isso.

Ele estendeu a mão e tocou a dela. Quando os dedos deles se entrelaçaram, Michele sentiu um calor invadi-la, uma felicidade na qual quase temia confiar.

— Tinha tanta esperança de que você fosse se lembrar... É difícil acreditar que este momento é real — confessou Michele. — Como posso ter certeza de que não vai esquecer de novo, de que as coisas não vão voltar a ser o que eram antes?

— Agora que escapei desse... desse nevoeiro, não quero perder nem um segundo sequer. Preciso fazer parte da sua vida — ele disse, determinado. — Não posso mais ficar longe de você.

A expressão estampada em seu rosto era tão sincera, que Michele compreendeu que podia mesmo acreditar. Ela não saberia dizer quem tomou a iniciativa, mas de repente viu-se nos braços dele, a cabeça aninhada contra seu peito enquanto ele lhe acariciava os cabelos. Nunca nada havia parecido tão perfeito. *Philip está certo*, pensou. *É como voltar para casa*.

— Não dá para acreditar que isto é real... que você é real — murmurou Michele, fechando os olhos.

— Eu sei. — A respiração de Philip estava quente junto a sua orelha. — É uma sensação engraçada... Como se eu tivesse encontrado algo que jamais soube que estava faltando.

Michele sorriu, recordando a primeira vez em que tinha encontrado Philip, em 1910.

— Sei exatamente o que quer dizer.

Depois do que poderiam ter sido minutos ou horas imersa no abraço dele — ela havia perdido toda a noção do tempo —, Michele recordou sua missão do dia anterior: descobrir o que Philip sabia sobre Rebecca. Desejou poder prolongar aquele momento de paz e jamais precisar enfrentar a ameaça que se aproximava, mas forçou-se a falar.

— Detesto ter que tocar neste assunto agora, mas, sobre o outro dia, na sala de ensaios... — Sua voz sumiu, e Philip acenou com a cabeça para que ela prosseguisse.

— Quando aquela mulher, aquela criatura... apareceu, tive a impressão de que você já tinha visto ela antes — disse Michele, cautelosa. — Preciso saber, porque, bom... ela quer me ver morta.

O rosto de Philip empalideceu.

— *O quê?*

Michele contou-lhe a história de Rebecca e seu pai, e o tormento que perseguiu sua família desde então. Ao terminar, a resposta de Philip a deixou atônita.

— Você vai achar que sou louco, mas tenho a sensação de que sou eu quem deve deter Rebecca.

— *Você?*

Os olhos de Philip assumiram a expressão distante, como se estivesse em transe, que Michele notava sempre que surgia uma lembrança de sua vida passada.

— Desde pequeno, tenho um pesadelo recorrente: a voz sinistra dela em meu ouvido, dizendo que há uma garota da qual preciso me afastar. Depois que me mudei para Nova York, ela se tornou mais do que uma voz, e começou a me seguir e me assombrar com mais insistência. Agora eu consigo vê-la. — Ele estremeceu. — Acho que ela *sabe* que de algum modo posso feri-la. Ou talvez o... o outro Philip tenha feito algo. É por isso que ela não queria que eu encontrasse você. Ela não queria que eu me lembrasse.

— Não posso deixar você se envolver nos meus problemas com ela — afirmou Michele. — Já disse a Philip, em 1930, para ficar longe dela. Nunca vou perdoar a mim mesma se algo acontecer com você.

— É tarde demais — disse Philip com suavidade. — Já estou no meio de toda essa situação, e, se puder de algum modo proteger você, quero fazer isso. Não podemos deixar Rebecca vencer.

Michele respirou fundo. Não conseguia encontrar as palavras certas para responder, mas soube, pela expressão do olhar dele, que Philip a compreendia.

O aviso de mensagem soou em seu celular, arrancando Michele daquele momento. Ela baixou o olhar para ler a mensagem enviada por Annaleigh: *Perdão por interromper! Mas seus avós disseram que está ficando tarde e estão ansiosos para que você volte para casa.*

— Preciso voltar — disse Michele, relutante.

— Tá legal, eu te acompanho até em casa.

Michele sentiu uma pontada de prazer ao ver decepção no rosto de Philip. *Ele quer passar mais tempo comigo!*, pensou, feliz. Quando chegaram à Mansão Windsor, fez-se uma pausa tensa antes de se despedirem, até que Philip lhe deu um beijo suave no rosto.

— Vejo você amanhã.

— Boa noite — ela disse, a sensação do beijo ainda em sua face.

Ficou no Saguão Principal por alguns minutos depois que Philip se foi, sentindo uma vontade ridícula de sair dançando de alegria.

SEXTO DIA

Michele Windsor estava sentada numa velha cadeira de balanço na sala de estar de uma casa geminada de pedra marrom. Em seu colo havia um romance fino, mas ela ignorava as palavras que aguardavam em suas páginas. Olhando pela janela da sala cuja decoração era escassa, soltou um pesado suspiro diante da visão do Gramercy Park lá embaixo, que parecia similar ao parque que ela tinha conhecido em sua juventude... Em outro tempo. Era semelhante na aparência, mas diferente em personalidade; sua vegetação era mais brilhante, mais nova. Olhando para o parque, havia ainda outro sinal de que ali não era o lugar de Michele.

Ela observou a cena sob a janela: mulheres de aparência simplória vendiam flores e frutas do lado de fora dos portões, enquanto as damas de classe média alta lá dentro tagarelavam felizes, sentadas em bancos imaculados, ignorando suas irmãs desfavorecidas que estavam fora do parque. Cavalheiros de cartola e trajes de passeio caminhavam pelo gramado, os charutos entre os lábios enquanto falavam, a expressão séria sugerindo que o assunto eram os negócios. Crianças corriam no gramado, gritando e brincando, enquanto babás ansiosas corriam atrás delas.

Michele observava o parque todos os dias, esperando, passando os dias em uma atitude indiferente, até que terminasse aquele cárcere em 1904. Não conseguia lembrar quanto tempo fazia que estava presa ali, no limbo, incapaz de se comunicar com Philip, com seu pai... ou com qualquer um que conhecesse.

Seu couro cabeludo doía, e ela ergueu a mão, desesperada para soltar os cachos presos com firmeza no alto da cabeça, mas deteve-se bem a tempo. Sabia que seria um trabalho a mais ter que refazer depois o penteado elaborado. Mexeu na gola alta do vestido de tarde, que sempre fazia seu pescoço coçar, enquanto o corpete que afinava a cintura a deixava um pouco ofegante. Michele lembrou-se com saudade da infância, quando se vestia com roupas soltas, que não apertavam. Parecia fazer tanto tempo, que mal conseguia visualizar como eram aquelas roupas, mas ela se lembrava de como havia se sentido leve no passado, percorrendo a cidade vestida em tecidos de algodão, sem o peso das saias volumosas puxando-a para baixo.

— Você está presa aqui, não é?

Ela ergueu a cabeça num gesto repentino. Sabia quem falava, antes sequer de ver o rosto. Rebecca Windsor, com os olhos escuros e maldosos brilhando para ela à luz mortiça da sala.

— Tentei alertar os tolos dos seus avós quanto a isto. Uma criança transtemporal é uma aberração. E a natureza sempre corrige seus erros.

Rebecca avançou para ela. Foi quando Michele viu a faca brilhando no bolso dela. Abriu a boca para gritar quando Rebecca ergueu a lâmina, mas não saiu nenhum som. Tudo tornou-se trevas.

Michele despertou do pesadelo suando frio, arfando. Vendo que estava em seu quarto, seu coração disparado lentamente foi voltando ao normal. Soltou um profundo suspiro, trêmula, o alívio inundando-a enquanto olhava ao redor e via que estava, sem dúvida, em seu próprio tempo. *Foi só um sonho; aqui é a realidade. Estou aqui, onde devo estar.* Ainda assim, não podia evitar se perguntar se havia sido um aviso. Estremeceu, recordando a sensação de estar aprisionada em outro tempo. Toda a emoção das viagens no tempo tinha sumido com ela presa, deixando apenas a sensação desesperadora de uma criança perdida tentando voltar para casa.

Encontrou Walter e Dorothy sentados no Saguão Principal, fingindo conversar, mas sabia que esperavam para falar com ela antes que fosse para a escola. Com a aproximação do sétimo dia, podia perceber no rosto deles uma ansiedade cada vez maior.

— Fique em casa hoje — pediu Dorothy. — Nós nos sentiríamos melhor.

— Não precisam se preocupar quando saio de casa. Rebecca não é menos perigosa aqui — observou Michele.

— Mas *nós* estamos aqui — afirmou Dorothy.

Michele apertou a mão da avó.

— Prometo que serei cuidadosa. Mas parece mais seguro continuar com minha vida normal... Tipo, pode ser mais difícil para ela se aproximar se eu estiver rodeada de pessoas do que se estivermos nós três sentados em casa, esperando.

Walter assentiu.

— Então venha direto para casa depois da aula.

— Tenho um encontro marcado com Elizabeth — respondeu ela. — Mas prometo vir de lá direto para casa.

Quando Michele chegou à escola, Philip estava ao lado do armário dela, e a visão foi suficiente para afastar temporariamente todo o seu medo. Ele quase parecia uma miragem dos seus devaneios, desde a felicidade tranquila em seu sorriso ao vê-la chegando até a forma como se apoiava no armário dela, como se dissesse ao mundo que estava a sua espera. Mas a parte mais fantástica de tudo era que ele finalmente pertencia ao mesmo tempo que ela. Ele tinha voltado — *os dois* tinham voltado —, e o milagre daquele encontro parecia poderoso o suficiente para mantê-los em segurança, não importava o perigo.

— Oi — ela o cumprimentou, incapaz de controlar o sorriso que se abria em seu rosto.

Ele devolveu o sorriso. A princípio, os dois hesitaram, sem saber o que fazer, mas então ele a puxou, envolvendo-a em seus braços. Foi um abraço rápido, mas Michele sentiu a intimidade entre eles persistir mesmo depois de se separarem.

Ouviu uma leve exclamação atrás de si e, ao levantarem os olhos, ela e Philip viram Kaya passar por eles, os olhos avermelhados.

— O que aconteceu? — perguntou Michele em voz baixa.

— Terminei com ela — ele disse, olhando sem jeito para Kaya, que se afastava. — Fui à casa dela hoje de manhã e falei com ela. Não que tivesse muito para terminar. Ela é ótima, mas só estávamos passando o tempo juntos. Não era nada sério. Eu gostava dela porque me distraía.

— Distraía do quê?

— De você — confessou Philip. — Da forma como me sentia cada vez que te via.

— Era tão ruim assim? — perguntou Michele, não totalmente de brincadeira.

— Sentia que estava enlouquecendo por sua causa — murmurou Philip. — Ainda sinto isso. Olhando para você, tenho *flashes* de memória, e a única coisa que me faz sentir melhor é quando... — ele se interrompeu e segurou a mão dela.

Michele sentiu o coração pular com o toque dele.

O sinal tocou, e Michele e Philip olharam para o chão, sorrindo nervosos enquanto caminhavam de mãos dadas rumo à aula de história dos Estados Unidos. Para Michele, era como se estivessem sob refletores, enquanto os alunos nos corredores olhavam boquiabertos para eles. Passaram por Olivia e seu grupo esnobe de descendentes da Nova York dos velhos tempos, que imediatamente começaram a sussurrar sobre "a aliança chocante de uma Windsor e um Walker!", enquanto um trio de calouras parou para encará-los.

Michele e Philip soltaram as mãos ao chegarem à sala de aula, mas era evidente que todos lá dentro já tinham visto. Ben fixou os olhos na própria carteira, enquanto Kaya lançava um olhar dolorido a Philip. Michele baixou os olhos, sentindo-se culpada e desejando existir algum jeito de que ela e Philip fossem felizes sem que ninguém mais ficasse magoado. Vasculhou a sala procurando por Caissie, sabendo que pelo menos uma pessoa ficaria feliz ao vê-los juntos... mas ela não estava lá.

Quando soou o sinal para o almoço, Michele praticamente voou para o refeitório. As poucas horas sozinha fizeram com que quase delirasse com a necessidade de ver Philip, de sentir sua proximidade. Perguntou-se se o tempo que haviam passado separados tinha lhe dado uma nova e mais profunda ânsia em seus sentimentos por ele. Saber qual era a sensação de perdê-lo, mesmo que agora ela o tivesse de volta, havia deixado uma dor residual, como uma cicatriz ainda dolorida.

Sua ansiedade suavizou-se quando ela viu Philip na fila do almoço, olhando para ela. Sorriu e foi até ele.

— Oi — ele a recebeu com um sorriso.

— Oi.

Michele ouviu alguém resmungando atrás dela.

— Acho que eu não devia estar furando a fila — disse, envergonhada. — Vou para o final, mas... quer se sentar em nossa mesa?

— Sim — ele respondeu, caloroso. — Vou pegar seu almoço; não precisa ficar na fila.

— Tem certeza? — Michele o encarou, o rosto ficando vermelho. Perguntou-se se aquilo contava como o primeiro encontro oficial deles no século XXI.

— Claro que tenho certeza. Eu te encontro na mesa — disse Philip.

— O que vai querer?

— Ah, vou querer a massa e chá gelado — disse ela, tímida. — Obrigada.

Michele foi até sua mesa de sempre, e nela viu apenas Aaron.

— Oi, Aaron. Sabe onde Caissie está?

— Não faço ideia.

Michele apertou os olhos.

— Espera aí. Vocês dois se falaram depois do baile?

— Não exatamente — respondeu Aaron, desconfortável. — As coisas ficaram meio esquisitas desde o baile. A gente talvez não devesse ter ido junto.

— Por que diz isso? É por causa da garota com quem estava dançando? Você está mesmo a fim dela? — Michele perguntou, desapontada. Vinha torcendo para que Caissie e Aaron ficassem juntos desde que tinha se tornado amiga dos dois.

— Não! Mas ela ficou tão fria comigo por causa daquilo, só que foi ela quem passou metade da noite com aquele tal Willis.

— Ela só fez isso porque estava magoada — disse Michele. — Você meio que ignorou ela.

— Eu não fiz isso! Eu só... não sei. — Aaron deixou o olhar recair sobre o prato. — Foi esquisito sair com ela.

— Esquisito de um jeito bom ou ruim?

— Bom — admitiu Aaron. — Mas, mesmo assim, esquisito. Ela é minha amiga desde sempre.

— Acho mesmo que vocês dois precisam conversar. Vocês combinam bem demais para deixar que qualquer outra coisa fique no caminho — Michele encorajou-o.

Aaron mudou de assunto quando viu Philip encaminhando-se para a mesa deles.

— Então os rumores são verdadeiros — disse baixinho. — Estou impressionado. Ninguém nunca tirou um cara de Kaya Morgan antes. — Ele ergueu a mão para Michele bater nela, mas a jovem o ignorou.

— Eu não o *tirei* de ninguém. É só que... era pra gente ficar junto.

— Hã, tá legal. — Aaron riu.

Ignorando todos os olhares no refeitório voltados para eles, Philip colocou as duas bandejas de almoço na mesa e sentou-se ao lado de Michele. Ela sorriu para ele. Enquanto os três conversavam, Michele sentiu necessidade de se beliscar para provar a si mesma que ele de fato estava ali e que aquela felicidade era real.

Depois da aula, Michele desceu do SUV dos Windsor na frente do Dorilton, na rua Setenta e Um Oeste. Por um instante, apenas ficou parada, olhando para o prédio de apartamentos que parecia um castelo, construído com pedras claras e tijolos em estilo *beaux-arts*. Com suas esculturas maciças, sacadas em arco e o alto telhado com mansardas, o Dorilton fazia Michele pensar em algo saído de um conto de fadas de Walt Disney — exceto pelo fato de não haver nada de infantil ou inocente nele. O edifício dava a aparência de existir desde sempre sobre o solo de Nova York, com décadas de segredos abrigadas em suas paredes.

Elizabeth atendeu ao interfone e os portões de ferro se abriram. Michele entrou, chegando à entrada principal e depois ao saguão. Tomou o elevador até o décimo andar e seguiu por um longo corredor até chegar ao apartamento de Elizabeth.

— Que bom ver você de novo! — Elizabeth abraçou-a com carinho, e outra vez Michele logo se sentiu à vontade em sua presença. Seguiu Elizabeth pelo apartamento espaçoso, de decoração excêntrica, e chegaram à sala de meditação, com seu estilo nova era. As paredes estavam decoradas com lenços coloridos, e um macio divã azul encontrava-se no centro, rodeado por confortáveis almofadões. Cristais pendiam das janelas, criando arco-íris pela sala quando a luz refletia neles, e o espaço estava tomado pelo aroma calmante da queima de incenso e óleos essenciais.

— Vá em frente e deite-se no divã — orientou Elizabeth. — Hoje seguiremos a metodologia de usar o relaxamento e a respiração profunda para despertar seu subconsciente. Feche os olhos e concentre-se em sua respiração. Simplesmente inspire e expire... inspire... e expire...

Michele seguiu o padrão de respiração sugerido. A voz melódica de Elizabeth embalou-a, levando-a a um estado de hipnose. Os olhos de Michele estavam fechados como se dormisse, e no entanto moviam-se furtivamente sob as pálpebras cerradas.

— Agora veja-se de pé em uma grande sala circular. Enquanto olha ao redor, você percebe que está de pé diante de um espelho. Observa enquanto a imagem no espelho se torna mais nítida — instruiu Elizabeth. — Você toca seu rosto, e a imagem imita seu movimento. E você percebe que essa imagem é você como é agora, nesta vida. Mas você está num passado distante.

Mesmo em estado hipnótico, Michele percebeu que a garota no espelho era *exatamente igual* à do seu sonho da noite anterior — a Michele que estava presa no ano de 1904. Seu cabelo estava penteado num grande topete e por cima havia um vistoso chapéu de abas muito largas; trajava uma blusa branca engomada, enfiada no cós de uma saia azul-ardósia que chegava ao chão. Enquanto olhava no espelho, Michele sentiu seu medo desaparecer. Sabia que era o momento de procurar seu pai. Deixando a mente se concentrar no tempo desejado, como num encantamento, sentiu o ar rodopiar ao redor de seu corpo, e o estômago se contraiu enquanto ela se erguia acima do chão. Abriu os olhos devagar, sabendo que tudo o que estava a ponto de ver seria diferente.

Elizabeth e a sala de meditação haviam desaparecido. Na verdade, *tudo* na sala se fora. Michele estava de pé em meio a um apartamento abandonado, com nada à sua volta exceto um piso de cerejeira e paredes nuas. O silêncio era completo, até que ela ouviu o deslizar de patins de gelo, e correu para a janela, prendendo a respiração diante da visão.

Nova York estava toda coberta de neve. As colinas ondulantes do Central Park eram de um branco fulgurante, enquanto as árvores brilhavam com cristais de neve no lugar de folhas. Lá embaixo, diante do Dorilton, estendia-se uma lagoazinha de gelo, com dois garotinhos sorridentes vestindo calças de inverno, casacos de lã e chapéus de pele patinando na superfície. Na beira do rinque, Michele viu um criado uniformizado ajudando uma dama envolta num pesado casaco de veludo a sair de uma carruagem puxada a cavalo.

Consegui. Voltei no tempo... sem a chave! Será que isso queria dizer que ela, Michele Windsor, estava entre os Guardiões do Tempo que tinham essa rara habilidade? Ou seria tudo aquilo apenas efeito colateral da hipnose?

Michele saiu do apartamento vazio, cruzando apressada o corredor e entrando no elevador, os olhos se arregalando ao chegar ao saguão e à entrada principal do Dorilton. Uma fila de carruagens rodeava o pórtico coberto onde as pessoas desciam dos veículos, e uma mostra da moda de inverno da virada do século adornava homens e mulheres que se aglomeravam na entrada, desde casacos volumosos e os véus das damas até os sobretudos de gola de pele e chapéus *homburg* dos cavalheiros. Embora fascinada pela cena invernal da velha Nova York, Michele desviou seu foco para a Mansão Windsor. Lembrava-se das palavras de Walter: nos anos 1900, Irving não apenas era o advogado da família, mas também um amigo próximo, e ela sabia que o lugar onde deveria começar sua busca era a própria casa.

Usando nada além do poder da mente, Michele voltou seus pensamentos para a Mansão Windsor de 1904. Com um solavanco, foi erguida da neve, e seu corpo projetou-se, rodopiando, até aterrissar com um tranco no solo familiar.

Enquanto estava parada do lado de fora dos portões da entrada, a Mansão Walker atraiu seu olhar. Era provável que Philip estivesse em algum lugar lá dentro; mas ele teria 12 anos de idade em 1904, sendo jovem demais para conhecê-la. Michele fixou o olhar na casa que um dia seria um moderno prédio de apartamentos, e viu um lampejo amarelo chocante — um rabo de cavalo familiar passou correndo pela janela da frente. O vulto saiu em disparada pela porta, descendo aos saltos a escadaria, vestindo *jeans* e um casaco *trench coat*.

Michele observou, atordoada, enquanto a garota dirigia-se à Mansão Windsor. A expressão dela foi tomada pelo assombro ao correr os olhos pelos arredores de 1904, provavelmente espantada com o que via. Michele quase podia ouvir o próprio coração batendo forte no peito, enquanto seguia o rabo de cavalo loiro, a distância entre elas ficando menor e menor, até estarem as duas juntas, sob a mesma lâmpada da rua coberta de neve, no final do quarteirão.

— Caissie.

Ela se sobressaltou ao som da voz de Michele. Lentamente, virou-se.

— É *mesmo* você — Michele sussurrou, horrorizada.

Os olhos de Caissie se encheram de pânico quando ela olhou para Michele. Antes que esta pudesse dizer alguma outra palavra, Caissie saiu correndo, afastando-se dela rumo ao hotel que havia ao lado. Ainda em choque, Michele precisou de alguns instantes para registrar o que tinha acontecido. Suas pernas estavam trêmulas ao correr atrás de Caissie, subindo apressada os degraus de um edifício renascentista que não conhecia, exibindo o nome Hotel Plaza. A mente dela registrou, vagamente, que devia ser o primeiro Plaza, o hotel de vida breve que, depois, foi reconstruído como marco da cidade.

Michele cruzou as portas da frente do antigo Plaza, a adrenalina correndo em seu corpo enquanto examinava o saguão. Viu uma profusão de peles e protetores de orelha, dos hóspedes que conversavam diante da lareira, mas nenhum sinal de Caissie. Michele virou-se a tempo de ver o rabo de cavalo loiro desaparecer pelas portas do Plaza. Correu atrás dela. Quando seus pés tocaram a calçada do lado de fora do hotel, sentiu um grito subir pela garganta e cobriu a boca com a mão para abafá-lo.

Uma mulher sinistra, de cabelos escuros, estava a poucos passos de Michele, marchando decidida rumo à Mansão Windsor. Ela olhava com firmeza para a frente, o olhar duro, alheia à presença de Michele.

É Rebecca... em seu próprio tempo, percebeu Michele, horrorizada. Estava mais velha agora, com uns 30 anos, e seu rosto tinha uma expressão tensa e carrancuda, como se sentisse repulsa permanentemente. Rebecca tirou um relógio de um dos bolsos da saia que ia até o chão e apertou o passo na direção da Mansão Windsor. Michele recuou, as palmas das mãos úmidas de medo ao se esconder na penumbra da marquise do Plaza.

Assim que Rebecca sumiu de vista, Michele cruzou a rua correndo, passando por entre duas carruagens puxadas a cavalo, os olhos procurando freneticamente por Caissie. Seu coração pulsava na garganta quando enfim a avistou, correndo rumo ao Central Park. Michele respirou fundo e disparou por entre o tráfego, os pés latejando enquanto corria, até chegar à entrada chamada Portão dos Artistas. Por fim, alcançou Caissie. Michele a pegou de surpresa, puxando seu rabo de cavalo, e Caissie caiu para trás.

— AI!

Sem nenhuma hesitação, Michele arrancou a chave que Caissie trazia ao pescoço e agarrou a amiga com a outra mão.

— Mansão Windsor, dias atuais! — ela gritou para o ar.

Caissie berrou como louca quando o corpo de ambas se ergueu e rodopiou no ar. Ao aterrissarem diante dos portões da Mansão Windsor, ela se curvou para a frente e vomitou nos arbustos, provocando uma exclamação de asco por parte de um casal que passava por ali. Michele ignorou-os, o alívio preenchendo seus pulmões enquanto voltava a pendurar a chave ao pescoço. A esperança ressurgia. Mas, quando se voltou de novo para Caissie, o choque e a fúria a invadiram mais uma vez.

— Que diabos está acontecendo? — exigiu saber.

— Co-como fez aquilo? — A voz de Caissie era um guincho aterrorizado. — Como chegou lá?

— Você quer dizer sem a minha chave, que *você* roubou? — A voz de Michele elevou-se enquanto encarava a amiga, decepcionada. Era a história de Irving e de Rebecca, outra vez. — Eu confiei em você; eu me abri para você! Como pôde fazer isso comigo?

— Não... não é o que está pensando — Caissie balbuciou. — Eu não sabia o que estava fazendo.

— Ah, claro, porque é *tão* fácil roubar acidentalmente a corrente do pescoço de alguém — zombou Michele.

— Não foi o que eu quis dizer. — Caissie respirou fundo. — Foi... aquela *voz* que eu ouvia. Quando aconteceu o blecaute, estava passando pela sala de ensaios, a caminho da aula, e comecei a ouvir alguém me chamando, dizendo que eu precisava pegar sua chave, que não era só para meu benefício, mas também para o seu.

Michele olhou-a, incrédula.

— Acha de verdade que vou acreditar nisso?

— Eu não conseguia ver ninguém, mas a voz ficava me dizendo que você estava com problemas; que você não deveria mais viajar no tempo. Que você é *transtemporal* e que, se eu quisesse que você continuasse viva, devia tirar sua chave... e trazê-la para cá.

Michele gelou quando ela disse *transtemporal*. Com certeza nunca havia mencionado nada sobre aquilo para Caissie.

— Você viu de quem era a voz? — Michele perguntou ansiosa. *Será que Caissie tinha o Dom da Visão?*

— Não, não pude ver ninguém, nem nada — admitiu Caissie. — Era só uma voz de mulher... Mas juro que estou contando a verdade. Ela me disse para trazer a chave para a Mansão Windsor, em 1904, que estaria esperando por mim aqui; estaria esperando para ajudar a nós duas.

Michele prendeu a respiração.

— Essa pessoa está tentando me matar. Assim, a menos que esteja do lado dela, e pode ser que esteja, sugiro que pare de dar ouvidos a vozes.

O queixo de Caissie caiu.

— Eu... você nunca me contou. Eu não tinha percebido... — Lágrimas brotaram dos olhos dela. — Desculpe, de verdade.

— Foi mesmo por esse motivo que você roubou minha chave e fingiu que não sabia de nada quando eu contei a você que ela havia sumido? — Michele perguntou em tom calmo.

Caissie ficou desconcertada.

— Tá legal, admito que eu queria ver o passado. Quer dizer, não era *justo* que só você curtisse todas essas aventuras, e que eu só ficasse ouvindo falar delas! Quando pensei que também podia experimentar a viagem no tempo, e ao mesmo tempo ajudar você, pareceu bom demais para não tentar. Nunca pretendi te fazer mal. E, no fim das contas, parece que você nem precisa da chave! Que lance é esse? — Caissie olhou para ela, assombrada.

— Eu *não sei* o que está acontecendo. Se você fizesse ideia de como a minha vida tem estado maluca... — A voz de Michele falhou. — Não sei mais no que acreditar. Talvez você não tivesse a intenção de me fazer mal, mas o fato de ter mentido e roubado a chave de mim... Isso muda as coisas. Não sei se posso voltar a confiar em você.

Caissie desviou o olhar.

— Entendi. — Ela mordeu o lábio. — Sinto muito. Espero que possa me perdoar.

Michele fez que sim com a cabeça, mas não falou nada. Caissie se demorou um instante, antes de levantar.

— Preciso ir para casa — ela murmurou. — Vejo você na escola.

Michele ficou olhando Caissie se afastar, um nó se formando no estômago. Se Rebecca tinha conseguido convencer sua própria amiga a se virar contra ela, as coisas estavam piores do que havia pensado. E, se Michele não tivesse visto Rebecca no último instante, teria ido direto para as garras dela. Michele havia penetrado a Linha Temporal de Rebecca ao adentrar um ano em que ela vivia e possuía toda a sua força e poder — um tempo no qual Rebecca não precisaria esperar sete dias.

De algum modo, Rebecca soubera que era para 1904 que Michele iria.

Apenas alguns poucos Guardiões do Tempo possuem a capacidade de viajar sem sua chave. Aqueles de nós com essa rara habilidade vivenciam uma presença mais forte enquanto viajam no tempo, podendo descobrir poderes adicionais à medida que os anos passam. Como pétalas se abrindo num botão floral, parecemos estar em constante floração.

— MANUAL DA SOCIEDADE TEMPORAL

12

$\mathcal{M}$ichele retornou ao apartamento de Elizabeth em estado de plena agitação.

— Como aquilo aconteceu? — ela exclamou, assim que Elizabeth abriu a porta. — Simplesmente desapareci no ar em sua sala de meditação? E tudo por causa da hipnose, ou viajei mesmo no tempo sem uma chave?

Elizabeth tinha um sorriso largo e orgulhoso no rosto. Era evidente que tinha esperança de obter aquele resultado quando planejara a sessão daquele dia.

— Você desapareceu da sala, mas não fiquei preocupada. Sabia que você ainda estava aqui... só que num ano diferente — ela disse com simplicidade. — E acredito que foi uma combinação da hipnose com suas capacidades inatas de viajar no tempo que causaram tudo. A propósito, alguma vez você já se percebeu, por um breve momento, em um tempo que parecia diferente, sem que quisesse ou se desse muita conta do que acontecia?

Michele fez que sim, recordando o baile com Philip e quando correra até o Osborne, enquanto via o tempo mudar a sua volta.

— Veja, você estava tão condicionada a crer que poderia viajar apenas com a chave, que precisava de uma pequena ajuda do subconsciente para lhe mostrar que *você* é quem tem o poder — explicou Elizabeth. — Você tem um dom verdadeiro, Michele, diferente de qualquer coisa que eu já tenha visto antes.

Michele desabou numa cadeira, assombrada.

— Eu... eu nem sei o que dizer! O tempo todo eu achava que só tinha tido a sorte de encontrar a chave de meu pai, e claro que ainda acho isso, mas descobrir que também é uma habilidade o que eu tenho... É uma sensação incrível. Obrigada por me mostrar isso.

— Obrigada a *você* por me deixar testemunhar algo tão extraordinário — respondeu Elizabeth com franqueza.

Michele notou a hora no relógio da parede e se levantou.

— Meus avós querem que eu volte para casa cedo, mas, antes de ir, tem um lugar em particular para onde preciso viajar. Você se importa se eu fizer o salto no tempo daqui?

Elizabeth sorriu.

— Vá em frente.

E, assim, Michele fechou os olhos, concentrando-se na sede da Sociedade Temporal, onde esperava achar as demais respostas de que precisava.

— *Quem é você?*

Os olhos de Michele piscaram algumas vezes antes de se abrirem ao som de uma surpresa voz masculina. Ela sentiu-se afundar no chão acarpetado enquanto apertava a corrente da chave.

— Bom... — a voz voltou a seu ouvido. — Poderia ter a gentileza de dizer quem é você? Sei que não está registrada, portanto, como foi que conseguiu chegar ao Aura?

O Aura. Michele respirou fundo ao perceber que havia conseguido. Que finalmente estava no local sobre o qual tanto havia lido e divagado. Olhou ao redor, para o imenso saguão de madeira escura, e seu queixo caiu ao ver as pessoas que ali estavam.

Um casal sentava-se lado a lado, perto da lareira, o homem trajando um terno riscado de três peças e chapéu-panamá ao estilo dos anos 1920, enquanto a mulher usava um vestido em estilo *mod* preto sem mangas, que lembrava Audrey Hepburn. Através das portas duplas do saguão entrou um jovem usando um uniforme prateado feito de um tecido que Michele não conseguiu identificar. Ele falou em um aparelho que parecia um telefone celular, e o holograma de uma mulher sorridente apareceu ao lado dele. Michele balançou a cabeça, admirada. Aquelas pessoas eram fascinantes. *Guardiões do Tempo*. Cada um de uma era diferente.

Saindo do estado de aturdimento, Michele percebeu que a voz que ouvia falava com ela. Virou-se e viu que estava caída diante de um longo balcão de recepção, enquanto um homem de meia-idade, usando óculos e um crachá que o identificava como "Victor", encontrava-se em pé, encarando-a.

— Desculpe, estou meio fora do ar — ela lhe disse. — Meu nome é Michele.

Victor baixou os olhos para a chave ao redor do pescoço dela e suas costas se enrijeceram.

— E seu sobrenome seria...

— Windsor.

Victor de imediato pegou o telefone.

— Ida, Michele Windsor chegou.

Michele olhou desconfiada para Victor. Da forma como havia falado, parecia que aquela tal de Ida já esperava por ela.

— Siga-me.

Victor saiu de detrás do balcão de recepção.

— Aonde estamos indo? — perguntou Michele. — Quem é Ida?

— Quem é Ida? — repetiu Victor, parecendo não acreditar naquela pergunta. — Só a presidente da Sociedade Temporal!

— E quanto a Millicent?

Victor lançou-lhe um olhar penetrante.

— Como sabe sobre Millicent?

Michele mordeu o lábio. Não havia uma resposta simples para aquela pergunta.

— Eu... eu li sobre ela.

Ela seguiu Victor pelos corredores sinuosos, até chegarem a uma porta alta de bronze.

— Entrem — uma voz clara e vigorosa chamou por trás da porta.

Ao entrar, Michele percebeu que aquela devia ter sido a sala de estar de Millicent, cenário do confronto de Irving com Rebecca. Era igualzinha à descrição.

Ida ficou de pé, uma mulher enérgica, de olhos cinzentos e felinos, cabelos curtos escuros e encaracolados. Estava vestida com o que parecia ser uma roupa executiva dos anos 1950: casaquinho azul-claro de mangas curtas e *peplum*, com uma saia rodada. Seu rosto tinha a expressão sobrenatural de alguém muito mais velho do que sua geração permitia, mas sem as linhas e rugas que caracterizam os idosos.

— Obrigada, Victor.

Quando ele saiu da sala, Ida voltou sua atenção para Michele, fitando-a com um olhar analítico.

— Olá, Michele. Por favor, sente-se. Sempre me perguntei quando você viria nos ver. Conheço muito bem sua história.

— O que quer dizer? — indagou Michele.

— Encontrei seu pai uma vez — ela disse, a expressão distante. — Nasci em 1920 e filiei-me à sociedade na adolescência, passando a trabalhar para ela e subindo rápido na hierarquia. — Ela indicou com um gesto o ambiente presidencial, como se assim pudesse comprovar o que dizia. — Quando tinha 20 anos, um dos serviços, ou missões, como as chamamos, que prestei foi voltar no tempo até 2 de fevereiro de 1888. Coisas estranhas aconteceram naquele dia, e fui instruída a ser uma das testemunhas dos eventos.

Ela prosseguiu:

— Outro Guardião do Tempo, Hiram King, e eu teríamos que conduzir uma garota chamada Rebecca Windsor pela sede, a fim de levá-la ao gabinete da então presidente Millicent August, como se ela estivesse se filiando à sociedade — relembrou ela. — Mas era tudo armado. Quando Hiram e eu trouxemos Rebecca para esta mesma sala, Millicent e seu pai a esperavam para confrontá-la, e tomar dela a chave e o poder que ela havia roubado de Irving. Ela foi expulsa daqui e escoltada de volta a Nova York, enquanto Irving Henry se tornava nosso membro mais recente. Nenhum de nós pôde esquecer aquele dia. Foi a primeira e última vez que tivemos um impostor tentando se infiltrar em nosso mundo.

Ida interrompeu-se por um instante, como se visse aquele dia de novo em sua mente.

— Depois que Irving foi aceito na sociedade — continuou —, ele decidiu ficar aqui no Aura por algum tempo, e escolheu o ano de 1991 para sua primeira missão. Cada um de nossos quartos é decorado e mobiliado no estilo da data que representa, e também fornecemos documentos e literatura sobre a época. Assim, depois de passar alguns dias imerso em 1991, ele desapareceu no futuro. Um dos jovens Guardiões do Tempo que ajudava a preparar Irving foi ao quarto para ver se estava tudo bem, mas encontrou o aposento vazio. Ficamos todos felizes por ele, sabendo que isso significava, provavelmente, ter feito uma viagem bem-sucedida ao futuro. Mas foi a última vez que ele foi visto por nossa sociedade. Considerava-se que ele teria um potencial enorme, sobretudo por causa do pai dele, que foi um dos favoritos de Millicent. Mas ele nunca mais pôs os pés aqui de novo. Os boatos iam e vinham, mas ninguém sabia a verdade sobre o desaparecimento de Irving. Não até o baile de Dia das Bruxas dos Windsor, em 1910. Nessa noite, você foi vista dançando com Philip Walker, pela mesma Guardiã do Tempo que havia se tornado amiga de Irving tantos anos antes, a garota que o tinha ajudado a se preparar para os anos 1990. Ela viu sua semelhança com ele na mesma hora, mas o mais importante foi ter reconhecido a chave. O fato de que a maioria dos convidados não podia ver você era mais uma prova de que era filha dele: uma viajante do tempo.

Michele ficou olhando para Ida, atônita. Na noite do baile, tivera certeza de que apenas Clara e Philip a tinham visto. Saber que havia sido vigiada o tempo todo, que suas ações tinham sido relatadas, deixou-a sem palavras.

— Foi preciso só um pouco mais de investigação para confirmar o que suspeitávamos: que você não era uma criança natural, mas sim transtemporal. Ao permanecer nos anos 1990 por tanto tempo e conceber uma criança, seu pai quebrou duas de nossas leis mais importantes — disse Ida em tom franco. — E isso não foi o pior. Uma semana depois do baile de Dia das Bruxas, Millicent August foi encontrada morta; haviam roubado sua chave. Sua neta, que deveria herdar o lugar de Millicent na sociedade, nunca teve essa chance.

Michele cobriu a boca com as mãos, horrorizada com a história.

— Quem teria feito algo tão horrível assim?

Ida mergulhou seus olhos nos de Michele.

— Rebecca. Suas impressões digitais foram tiradas quando ela entrou no Aura pela primeira vez, em 1888, e essas mesmas impressões foram achadas nas roupas de Millicent na noite do assassinato. Duas testemunhas viram alguém, que combinava com a descrição de Rebecca, entrar e sair da casa de Millicent na noite fatal. Não há dúvida: Rebecca matou Millicent. E agora ela pode viajar no tempo, manipular sua idade e, portanto, existir para além da morte. Tudo isso por ter a chave de Millicent.

Michele apertou os braços da cadeira, o estômago retorcendo.

— E agora ela está atrás de mim. Ela vem me perseguindo, tentando me ferir... e não consigo entender por quê.

— É porque você representa tudo que, na mente de Rebecca, foi tirado dela — explicou Ida. — Ela sente que seu poder, sua chave, tudo deveria ser dela, e teria sido, se não tivesse sido flagrada em seu esquema. Além disso, você representa o coração partido dela. Saber que Irving encontrou o amor com alguém mais da própria família dela, e que teve até uma filha... Isso a deixou louca. Para algumas pessoas, especialmente pessoas abastadas, a decepção pode ser a mais perigosa das emoções.

Ida respirou fundo, antes de prosseguir:

— Rebecca descobriu a seu respeito da mesma forma que todos nós, no baile de Dia das Bruxas dos Windsor. O único dom que ela teve de forma honesta foi o Dom da Visão, por isso também viu você.

— Ela estava *lá*? — Michele lutou contra a bile que subiu por sua garganta. — Por que alguém não tenta simplesmente arrancar a chave do pescoço dela? Rebecca não tem poder sem ela.

— Não é tão simples — disse Ida em tom grave. — Ela sabe como ficar longe da sociedade, de modo que precisamos encontrá-la. E isso é quase impossível, pois ela já não é mais um ser humano vivo, e sim um espírito capaz de manipular a idade; alguém, portanto, que pode desaparecer à vontade. A morte, associada ao poder da chave de Millicent, tornou Rebecca quase invencível.

A cabeça de Michele rodava.

— Espere... o que quer dizer com "um espírito capaz de manipular a idade"?

— Manipulação da Idade é a capacidade de viajar no tempo no corpo do seu eu mais velho ou mais jovem. Assim, vamos dizer que uma Guardiã do Tempo da mesma idade que Rebecca, um mulher de 39 anos em 1910, tem uma missão que a leva para seu tempo, 2010. Mas, para os objetivos da missão, ela precisa aparentar 17 anos em sua época. A mulher de 39 anos primeiro viajaria ao passado, quando tinha 17, em 1888, e ficaria cara a cara com seu eu mais jovem. Uma pessoa não pode existir fisicamente em dois corpos diferentes no mesmo tempo e lugar. Assim, quando a Guardiã do Tempo mais velha segura seu eu de 17 anos, ambas se fundem num só corpo. Agora, fisicamente, ela tem 17 anos, mas tem quase 40 em termos de mente e maturidade. Essa capacidade é uma das grandes tentações da viagem no tempo — revelou Ida. — O poder de ser jovem sem ter de reaprender as lições da juventude. Maior do que essa tentação, porém, é a possibilidade de, através da viagem no tempo com Manipulação da Idade, um Guardião do Tempo que tecnicamente morreu no século XX poder surgir no seu século XXI como um jovem adulto. É a isso que nos referimos quando dizemos que Rebecca existe além da morte.

— E ela pode ficar assim indefinidamente? — perguntou Michele, horrorizada. — Como vou conseguir me livrar dela se for esse o caso?

— Ninguém consegue manipular a idade para sempre — esclareceu Ida. — O processo exige muito do corpo. Na sociedade, somos particularmente capazes de controlar seu uso através de nossa lei que proíbe os Guardiões do Tempo de permanecer em outro tempo por mais de sete dias. Antes de alcançar a Visibilidade, a Manipulação da Idade pode durar apenas algumas horas a cada vez. Então, você é devolvido ao corpo de onde veio, o corpo de sua idade real. No entanto, aqueles que quebram a lei e ficam em outro tempo além de sete dias podem manter sua Manipulação da Idade por muito mais tempo. Mas, ainda assim, ela nunca será permanente.

Michele engoliu com dificuldade, a garganta repentinamente seca.

— Amanhã completam-se sete dias que ela está em meu tempo. Portanto, amanhã ela terá força suficiente para... para me matar, certo?

— Ela ficou durante todos os sete dias? — O rosto de Ida tornou-se pálido. — Sim. Antes que os viajantes do tempo alcancem a Visibilidade, eles não conseguem afetar a vida de ninguém. Não podem matar nem podem conceber. Mas, depois dos sete dias... Temo que não haja nada que você possa fazer senão lutar. Devido às leis que seu pai quebrou, vocês dois não são membros legítimos da sociedade, por isso não podemos lhe oferecer proteção. Ainda assim, você pode usar sua chave para enganá-la, ocultando-se em diferentes tempos.

— Mas não quero viver me escondendo — disse Michele, frustrada. — Quero que isso *termine*, e não continuar à mercê de Rebecca. Por favor, não há *nada* que eu possa fazer?

Ida hesitou.

— Millicent tinha uma teoria — ela começou. — Para ela, os Guardiões do Tempo que manipulam a idade apenas deixariam de existir se fossem mortos em múltiplas Linhas Temporais além da própria. Claro, isso nunca foi comprovado, e imagino que seria incrivelmente difícil conseguir isso. Mas Millicent acreditava piamente em sua teoria. — Ida olhou para Michele com atenção. — Não sei se eu aconselharia você a tentar isso sob alguma circunstância, mas certamente não sozinha.

O relógio soou e Ida levantou-se, indicando o final da conversa.

— Espere — exclamou Michele. — Tem mais uma coisa que preciso saber. O que há de tão ruim em ter nascido de pais de dois tempos diferentes? Por que isso é contra a lei? O que vai acontecer comigo?

Ida hesitou antes de responder:

— É contra a natureza, contra as regras do tempo, que uma criança viva e cresça num século quando um dos pais é de outro. Deixe-me perguntar: você já se viu viajando no tempo contra sua vontade? Já foi puxada de volta ao presente quando desejava continuar no passado, ou vice-versa?

— Sim — admitiu Michele. — Já aconteceu várias vezes.

— É a gravidade de seu corpo, tentando puxá-la para o passado, ao qual metade de você pertence. Já vi isso acontecer com outros transtemporais. Gradualmente, em geral tendo início no começo da vida adulta, essas pessoas tornam-se divididas entre os períodos temporais do pai e da mãe, sendo involuntariamente puxadas de uma época a outra. — Ida olhou para ela com tristeza. — Significa que você pode estar tendo o melhor dia de sua vida aqui no século XXI apenas para ser arremessada para cem anos no passado, por sabe-se lá quanto tempo. É o bastante para deixar qualquer um louco, e torna a possibilidade de levar uma vida normal quase inexistente.

Michele balançou a cabeça, desesperada.

— Não. Não, isso não vai acontecer comigo! *Não posso* ser uma prisioneira do tempo desse modo. Tem que haver uma exceção. Eu *tenho* que ser uma exceção. Não posso ficar presa no passado, não agora que encontrei... — Ela se interrompeu no meio da frase. Ainda não estava pronta para falar sobre Philip.

— Millicent costumava dizer que existe uma maneira de contornar todos os obstáculos. Nesse caso, é você mesma quem tem de descobrir isso.

— Qual o lance de 1904? — perguntou Michele. — Das vezes em que fui para o passado de forma involuntária, recentemente, foi para 1904.

— Você tem 16 anos, não é? — Michele fez que sim, e Ida prosseguiu: — Seu pai veio para o futuro partindo de 1888. Se você tivesse nascido no tempo de seu pai, teria 16 anos em 1904. Assim, o processo de separação já está acontecendo. Você tem duas Linhas Temporais agora: uma como uma jovem de 16 anos do século XXI, e outra como uma jovem de 16 anos em 1904.

A cor sumiu do rosto de Michele.

— E se eu puder viajar sem a chave? — perguntou, agarrando-se a qualquer esperança. — O que acontece nesse caso?

Ida ficou paralisada, e olhou atônita para Michele.

— Isso é algo que eu gostaria muito de ver.

A quem pertenço eu,
Quem pertence a mim nesta vida?
Não existem canções de amor,
Doce é a chave de minha ferida.
Encherei o mundo com minha criação,
Viverei a alma da imaginação.
A quem pertenço eu,
Quem pertence a mim?
Quando olhar para meu íntimo, com quem me encontrarei?
Deixar o passado e o presente para trás.
Que o futuro me conduza e guie, eu permitirei.
A quem pertenço eu?
Aquele que deixou a chave.
Para mim, agora é o momento
De ser quem ele pensou que eu poderia ser.

— IRVING HENRY
5 DE FEVEREIRO DE 1991

13

DIÁRIO DE IRVING HENRY
5 de fevereiro de 1888

— *E*stou pronto — sussurro para a chave em minha mão. — Leve-me para a cidade de Nova York, no ano de 1991.

Grito, tendo correntes de choque percorrendo meu corpo enquanto cordéis invisíveis me levantam do chão. Elevo-me como um fantasma acima do quarto 1.991, mais e mais alto, até me aproximar do colossal telhado do hotel Aura. E então meu corpo começa a rodopiar mais rápido do que eu imaginaria ser possível, tão rápido que me vejo tentando agarrar o ar numa tentativa desesperada de diminuir a velocidade. Sinto-me violentamente mal, como se meu coração pudesse parar a qualquer momento. Não é *humano* me mover a tal velocidade!

Passando através do teto do Aura, grito aterrorizado ao ver-me pairando ao ar livre, a areia e as praias de San Diego tão longe lá embaixo que parecem pequenos pontos coloridos.

Estou voando! A adrenalina mistura-se com o horror quando percebo que não há ninguém para me segurar se eu cair. De repente, o cenário à minha volta começa a mudar rapidamente. Em vez de uma praia lá embaixo, vejo o que parece ser uma ilha — uma ilha que contém o quadriculado de uma cidade. E então vejo algo vagamente familiar, onde brilha uma luz que cintila para mim. Uma pequena estrutura de cobre sobre um pedestal. Uma estátua que, quando meu corpo se lança involuntariamente para baixo, revela ter a forma de uma mulher. Ela usa uma coroa com pontas e orgulhosamente ergue uma tocha no ar. É o presente dado pela França há pouco tempo.

A Estátua da Liberdade.

Meu rosto abre-se num sorriso e o medo me abandona. A estátua me dá as boas-vindas, de volta a Nova York, mas no futuro, e eu grito, agitando os braços como uma ave à medida que me aproximo mais e mais da superfície.

— *Aí cheguei e disse: "Fala com a minha mão, e nem pensa em me ligar depois dessa sacanagem!" Surtei com ele.*

— Mostra pra ele, princesa!

— Jake, pare de empurrar sua irmã ou vai ficar sem o seu Game Boy durante o resto da viagem.

— Não vale, mamãe, ela que começou!

All right, stop, collaborate and listen/Ice is back with my brand-new invention... [*Tá legal, pare, colabore e escute/Ice está de volta, com minha mais recente invenção...*]

— Cara, abaixa esse Walkman.

Ajoelho-me no chão do Grand Central Terminal, a cabeça entre as mãos enquanto luto contra o enjoo que ameaça me dominar. Estou fraco demais para abrir os olhos, mas ouço uma cacofonia de vozes e sons estranhos a minha volta — vozes da década de 1990. *Consegui!*

Quando finalmente levanto a cabeça, recuo de imediato e me apoio na parede, para não cair devido ao choque.

Ter passado os últimos dias no hotel Aura, estudando e aprendendo tudo sobre a década de 1990, não poderia jamais ter me preparado totalmente para estar de fato aqui, entre os humanos reais e vivos do futuro.

As damas vão apressadas rumo às plataformas de trem vestidas com o que parecem ser trajes masculinos: *jeans* de cintura alta azul-claro, calças pretas com pernas largas e calções largos pretos por cima de meias-calças pretas. Algumas usam camisas de brim grandes demais, enquanto outras vestem suéteres de gola alta que Celeste chamou de "gola rulê". Os casacos pesados de inverno que usam não têm nada dos babados e enfeites de minha época, e os cabelos não poderiam ser mais diferentes daquilo a que estou acostumado. Vejo damas com cabelos volumosos e ondulados, soltos e descendo pelas costas; outras têm cabelo curto e reto, com franja; e meia dúzia delas chega a exibir cabelos curtos como os de um homem!

Os rapazes jovens vestem-se da mesma forma que eu; no entanto, enquanto minha camiseta e *jeans* parecem engomados e novos em folha, as roupas deles parecem bem usadas e confortáveis. Alguns dos rapazes com minha idade chegam a exibir cabelos longos e ensebados, além de rasgões visíveis nos *jeans*, como se *tentassem* parecer mal-arrumados. No entanto, vejo alguns homens de meia-idade que se parecem mais com meus contemporâneos vitorianos, com casacos de lã abotoados por cima de coletes, camisas de manga longa e calças cinza. Os cavalheiros mais informais usam *jeans* com camisas xadrez e suspensórios.

As crianças que correm e brincam pela estação mostram uma das mudanças mais significativas entre meu tempo e os anos 1990. Enquanto as crianças vitorianas sempre se vestem formalmente para viajar e devem seguir atrás dos pais com o mais completo respeito, esses jovens indisciplinados dão a impressão de que são eles que controlam os pais, e seus trajes parecem ser mais adequados para brincar ao ar livre do que para fazer uma viagem de trem. Tanto meninos quanto meninas usam *jeans* e macacões como os de fazendeiros, com jaquetas e tênis coloridos.

Pisco os olhos rapidamente enquanto assisto à cena diante de mim. Fico tão aturdido com as pessoas, que demoro vários minutos para perceber que estou vendo uma Grand Central completamente nova. A estação em forma de L foi substituída por um edifício de tirar o fôlego, com janelas altas que vão do piso ao teto, escadarias de mármore que levam para restaurantes em balcões internos, e um teto em abóbada cravejado de estrelas.

Hesitante, dou um passo à frente e sorrio com a multidão em movimento à minha volta, nenhum deles notando minha presença. No entanto, estou de fato no meio deles! É incrível, e de repente vejo-me acelerando o passo, correndo para a porta mais próxima. Preciso ver Nova York.

Os sons, cheiros e imagens de uma nova cidade parecem me tragar por completo quando empurro as portas e saio para a rua Quarenta e Dois. Contemplo num espanto boquiaberto esta Nova York desconhecida. A cidade parece ter crescido na *vertical* nos últimos cem anos, e edifícios altíssimos esticam-se rumo ao céu, projetando-se das calçadas. Desapareceram as carruagens, landós e *broughams* puxados por cavalos que percorriam as ruas de pedra, substituídos por automóveis e táxis amarelos que correm por ruas asfaltadas. Não há ferrovias elevadas passando acima das ruas, mas um som estranho vem lá de cima. Cubro minha cabeça, alarmado, quando olho para cima e vejo *máquinas voadoras* circulando no céu.

É difícil imaginar que o mundo de fato pode mudar tanto em um século. Será que *alguma coisa* do passado de Nova York ainda existirá nos próximos cem anos?

Passo pela avenida Lexington em um transe, meus olhos assimilando todas as coisas novas que vejo, enquanto minha mente luta para acreditar que o que estou vendo é real. Observo enquanto estes nova-iorquinos do futuro seguem símbolos que conduzem para uma parte subterrânea, algo chamado "metrô". Passo pela mesma loja em três quarteirões diferentes, cada uma parecendo ligeiramente singular, embora compartilhe o mesmo nome: "Deli".

Um cheiro delicioso, amanteigado, chega até mim quando cruzo a rua diante de um vendedor na calçada.

— Compre *pretzels* macios e cachorros-quentes! — ele grita.

Ao lado dele há outro vendedor, este oferecendo uma grande variedade de revistas e jornais. Vejo a manchete da primeira página do *New York Times*, datada de 5 de fevereiro de 1991. *GUERRA DO GOLFO!*, ela grita. *Tropas terrestres invadirão o Kuwait*. Afasto-me, percebendo com tristeza que este novo futuro não traz mais perspectivas de paz do que minha era pós-Guerra Civil.

Quando chego à Quinta Avenida pela rua Quarenta e Dois, solto uma exclamação ante a vista a minha frente. O Reservatório Croton, um de meus locais favoritos na cidade, se foi. Em seu lugar ergue-se uma estrutura gigantesca, ocupando duas quadras inteiras das ruas Quarenta e Quarenta e Dois. A fachada me faz recordar da Mansão Windsor, e sinto a pulsação acelerar quando me pergunto se posso estar olhando para o lar dos Windsor no futuro. Mas, quando observo com mais atenção, vejo que no exterior do edifício está escrito BIBLIOTECA PÚBLICA DE NOVA YORK. É a maior e mais magnífica biblioteca que já vi.

Continuando a subir pela Quinta Avenida, os pelos de meus braços se arrepiam quando se concretiza minha visão de Natal. As mansões extravagantes e os orgulhosos sobrados geminados de pedra marrom dos anos 1880 desapareceram, substituídos por edifícios altos que abrigam uma loja atrás da outra. Uma nova e extensa praça pública chamada Rockfeller Center decora a Midtown, e, enquanto continuo subindo pela Quinta Avenida, vejo que quase cada quarteirão exibe seu próprio hotel de luxo, suas fachadas ostentando nomes imponentes como Saint Regis e Peninsula.

Chego à rua Central Park Sul, e lágrimas brotam de meus olhos. Lá está ele, logo em frente — o grande parque onde se deram algumas de minhas recordações mais felizes da infância. Enfim encontrei um amigo que sobrevive nesta cidade que me é estranha. E, enfim, lá estão os *cavalos*! Sorrio para a fila de animais parados diante de um hotel elegante chamado Plaza. Se apertar os olhos o suficiente, posso ignorar os carros, os edifícios e todas as pessoas modernas. Mantendo os olhos focados no Central Park e nos cavalos, parece que estou em meu próprio tempo.

Uma estrutura familiar de mármore, reluzindo à luz do sol atrás do Plaza, chama minha atenção. Minha garganta de repente fica seca. Não quero me aproximar, e ainda assim não posso me conter. Estou correndo através da rua Cinquenta e Nove, até que me pego com o olhar fixo no W gravado nos portões de ferro trabalhado.

De todas as casas que desapareceram com o tempo, as relíquias da velha Nova York que faltam neste mundo novo, a Mansão Windsor ainda está de pé. O palácio de mármore branco parece uma dama imponente em contraste com os edifícios mais novos e mais modestos que a rodeiam.

Permaneço imóvel à entrada, num misto de nostalgia e aversão, enquanto olho a propriedade. Este é o lugar onde fui traído, ludibriado pela mais falsa das amizades. Sinto arrepios ao ver que alguma coisa de Rebecca Windsor restou neste novo século e, enquanto o vento sopra por entre as árvores, penso ouvir o som de sua risada arrogante.

Mas então a face suave de Rupert preenche minha mente, e sinto uma pontada de solidão por meu amigo, por todos os homens e mulheres que trabalharam na Mansão Windsor. Eles eram minha família. Por mais que a visão da casa traga de volta a ojeriza que sinto por Rebecca, também me traz um estranho conforto olhar para o lugar que uma vez considerei meu lar. Isso faz com que não me sinta um completo estranho nesta cidade nova; como se 1888 estivesse falando comigo, dizendo: "Ainda estou aqui."

De repente, meus olhos se cravam em alguém que sai para a sacada do quarto de Rebecca. Prendo a respiração, meio que esperando ver minha inimiga. Mas a garota que se apoia ao parapeito, sorrindo enquanto segura junto à orelha um telefone sem fio, é o completo oposto de Rebecca. Seu cabelo castanho-avermelhado brilha ao sol, e seu sorriso contagiante me fisga por dentro.

É a garota mais linda que já vi. E é então que me lembro de minha visão do futuro na passagem secreta da mansão Windsor. *Esta* deve ser a garota por quem eu esperava; a garota que me trouxe a felicidade e o deleite que nunca senti antes.

Minha consciência luta para me lembrar de que é inútil, que assinei contratos com a sociedade e prometi seguir as regras: nunca permanecer no passado ou no futuro por tempo suficiente para adquirir a Visibilidade. Mas é tarde demais. Não posso dar as costas ao que sei ser verdadeiro: é meu *destino* permanecer neste tempo e ficar com a garota que está na sacada.

Afinal de contas, já vi isso antes.

13 de fevereiro de 1991

— Perdão, para que lado fica a Columbus Circle?

Continuo lendo meu livro do Stephen King, sentado num banco no Central Park, ignorando a voz em minha orelha. Sei que a dama não pode estar falando comigo.

— *Perdão?* — a voz persiste.

Levanto a cabeça devagar. Sem dúvida, a dama — uma turista nervosa às voltas com um bebê e duas sacolas de compras — está olhando bem para mim. Por um instante, não consigo falar.

Por fim, aconteceu. Exatamente como o *Manual da Sociedade Temporal* alertou, obtive a Visibilidade depois de sete dias em outro tempo! Agora minha forma e minha presença plenas se reuniram a mim em 1991, deixando 1888 para trás. Sei que nunca mais serei aceito de novo na Sociedade Temporal.

—Ah... — Pigarreio. Depois de passar uma semana em silêncio, é um choque ouvir minha própria voz. — Saia do parque pelo Artist's Gate, ali à direita. Siga pela Central Park Sul até chegar à Oitava Avenida, e aí você vai ver a Columbus Circle.

Enquanto ela me agradece e sai apressada, admiro-me com o fato incrível de que acabo de lhe dar informações para chegar a um lugar que nem sequer existe em meu próprio tempo!

Passei a semana anterior imerso nos anos 1990, e minha invisibilidade permitiu-me explorar sem obstáculos o mundo moderno. Entrei em teatros e cinemas da Broadway; assisti boquiaberto a um helicóptero pousar no palco, bem na minha frente, durante o musical ao vivo *Miss Saigon*, e mal respirei enquanto via meu primeiro filme, *Edward Mãos de Tesoura*. Andei de metrô, segurando-me com toda a força enquanto o trem corria em meio à escuridão, e visitei os dois museus que sobreviveram desde meu tempo: o Museu Americano de História Natural e o Museu Metropolitano de Arte. A visão dessas duas instituições imponentes encheu-me de júbilo, e passei dois longos dias examinando suas coleções, aprendendo tudo o que podia sobre minha vida no futuro.

Em minha primeira noite em 1991, tive uma ideia bem engenhosa de onde passar a noite. Entrei no hotel vizinho à Mansão Windsor, o Plaza, e, ouvindo a conversa dos recepcionistas, descobri quais apartamentos estavam vagos. Minhas noites no hotel foram algo saído de um sonho. O quarto que ocupei, invisível, tinha um refrigerador repleto de chocolates, petiscos e bebidas, um chuveiro com água quente em abundância, a cama mais luxuosa em que já dormi e uma televisão — que começo a achar bem interessante.

Mas agora minha invisibilidade terminou, e é hora de conseguir acomodações mais convencionais. Após chegar, logo descobri que os hotéis de Manhattan estão muito além do meu orçamento. Embora eu tenha pego dólares de 1990 emprestados na casa de câmbio do Aura, o montante total que trouxe seria gasto em apenas uma semana se eu ficasse em um hotel na cidade.

É hora de levar minha experiência dos anos 1990 ao próximo nível: encontrar alguém com quem morar.

14 de fevereiro de 1991

Chego cedo para minha primeira aula de fotografia no Museu de Arte Moderna, passando por salões de exposição incomuns e chamativos, antes de chegar ao Centro de Estudos. O espaço amplo é decorado com uma infinidade de fotografias em preto e branco e coloridas que revestem as paredes, enquanto uma dezena de mesas vazias preenchem o aposento. Levanto os olhos para o calendário colorido que enfeita a mesa do professor, aberto no dia 14 de fevereiro, e percebo, com surpresa, que hoje é o dia de são Valentim.

Havia me esquecido completamente do feriado. Nunca havia conseguido escapar dele em meu antigo tempo, desde a troca de cartões caseiros nas dependências de empregados da Mansão Windsor até os bailes de são Valentim no internato e em Cornell. Sempre achei que era um feriado um tanto tolo, mas fico feliz em saber que ainda é celebrado, mesmo um século depois. Hoje em dia vejo-me saboreando qualquer vínculo entre meu tempo e o novo.

Sento-me a uma das mesas, tirando da mochila minha câmera Kodak nova em folha. Enquanto ajusto as lentes, vejo um grupo de alunos de idades variadas entrar na sala, conversando e trocando saudações de são Valentim, e então ocupando seus lugares. Sinto olhares curiosos sobre mim e sorrio envergonhado para o grupo, antes de fixar os olhos de novo no aparelho que tenho em mãos.

Mais alguém entra, e fico paralisado, o rosto ainda pressionado à câmera. Olho-a pelas lentes, sentindo o ar me escapar.

O cabelo castanho-avermelhado lhe cai pelos ombros em ondas, emoldurando uma pele de porcelana, enquanto o brilho de seus olhos castanhos me faz desejar saber o que ela está pensando. Seu sorriso contagioso produz a mesma sensação que senti no peito ao ver a jovem na sacada da Mansão Windsor, em meu primeiro dia em 1991.

É a mesma garota.

Baixo minha câmera, incapaz de tirar os olhos da jovem. Ela passa pela minha cadeira, dando-me um sorriso curioso, e meu rosto fica quente quando todo o seu esplendor se dirige a mim:

— Oi, sou Marion Windsor.

Marion Windsor. Ela pertence àquela família, mas parece tão diferente deles, tão cordial e encantadora.

Tiro depressa meu boné e ponho-me de pé para cumprimentá-la.

— Sou Henry Irving.

Seu sorriso aumenta, como se ela soubesse de algo que não sei. Preciso de todo o meu autocontrole para não estender a mão e tocar a covinha em sua face, e colocar sua mão de porcelana entre as minhas. É então que me dou conta — ela é o motivo pelo qual eu estava destinado a viajar no tempo. E, agora que a encontrei, não posso mais imaginar voltar ao passado.

31 de maio de 1993

— *Don't go changing to try and please me...* [Não tente mudar só para me agradar...] — canto para Marion com um sorriso, rodopiando-a na calçada, depois do concerto de Billy Joel. Ela ri, acomodando a cabeça em meu ombro.

— O *show* foi inacreditável — ela diz com ar sonhador. — Definitivamente, *And So It Goes* [E Assim Vai a Coisa] é uma de minhas novas músicas favoritas.

Nós nos revezamos em versões cômicas de músicas do *show* de Billy Joel, enquanto andamos do Madison Square Garden, voltando para a Mansão Windsor. A noite cálida de fim de primavera parece cheia de promessas, e vejo-me a cada tanto baixando os olhos para a mão de Marion, sorrindo ao ver o anel de plástico no dedo dela. Nós o escolhemos juntos depois que eu a pedi em noivado, rindo enquanto o escolhíamos entre os diamantes falsos à venda na rua Canal. Foi ideia de Marion. Eu queria lhe dar o melhor anel que estivesse a meu alcance, mas ela insistiu que economizássemos dinheiro para nossa vida juntos. A bijuteria de plástico no dedo dela é um lembrete constante do dia mais feliz de minha vida, de nosso noivado secreto, e do futuro com ela, cujo início mal posso esperar.

Ao virarmos na Quinta Avenida, ouço atrás de mim uma voz inconfundível.

— Engraçado ver você aqui.

O som faz meu sangue gelar, e meu corpo todo se enrijece, tomado de pânico. É uma voz que não ouço desde minha antiga vida em 1888, e que pertence a alguém que agora deveria estar morta há muito tempo.

Não pode ser ela, digo a mim mesmo, enquanto me viro lentamente.

Um grito estrangulado me escapa quando fito aqueles olhos escuros e assustadores. É ela — Rebecca Windsor, as feições mais horrendas de que posso me lembrar, sua figura alta e ameaçadora enquanto avança para nós. Como pode estar no futuro, parecendo tão jovem quanto no dia em que a vi pela última vez?

Ela é um fantasma, percebo, horrorizado.

— Henry? Henry! — Minha atenção se volta de súbito para o som da voz de Marion chamando meu nome e puxando minha manga, o rosto franzido de preocupação. — Tem algo errado?

— Eu... achei que tinha alguém tentando nos assaltar — improvisei sem muita inspiração, forçando um risinho.

Marion revira os olhos para mim de forma carinhosa. Eu a envolvo com um braço protetor, olhando para trás mais uma vez e estremecendo ao ver o fantasma de Rebecca seguindo-nos, abrindo um riso sarcástico ante meu medo. Mantenho os olhos voltados para a frente, lutando para estar presente em minha conversa com Marion, enquanto minha mente rodopia. *Por que ela está aqui? O que quer? Como posso manter Marion a salvo, agora que Rebecca a viu?*

Por fim chegamos à Mansão Windsor, a presença lúgubre de Rebecca ainda escurecendo a calçada atrás de nós. Pela primeira vez, ao dar boa-noite a Marion, fico feliz com a regra estrita de seus pais proibindo que eu fique com ela após as onze da noite. Preciso vê-la em segurança dentro de casa, longe do fantasma de Rebecca.

Uma vez que as portas da frente se fecham atrás de Marion, viro para encarar Rebecca, meus músculos tremendo de fúria e medo.

— O que está fazendo aqui? — rosno para ela.

— Isso não é jeito de cumprimentar a noiva que você não vê há um século. — Os olhos de Rebecca brilham de ira quando ela os fixa na Mansão Windsor. — Vejo que sentiu minha falta... Só pode ser essa a explicação para ter ido atrás de minha descendente. Uma substituta patética para a original.

— Vá assombrar outra pessoa, Rebecca — respondo. — Não quero mais nada com você desde o dia em que nos vimos pela última vez.

— Assombrar outra pessoa? — repete Rebecca, um sorriso grotesco se abrindo em seu rosto. — Mas não sou um fantasma, Irving. Sou como você. Uma viajante do tempo.

Ela vira a cabeça para um lado, e vejo, horrorizado, o leve lampejo de uma chave dourada aparecendo sob sua blusa.

— O que você fez? — pergunto, o pânico espalhando-se dentro de mim. — De quem você roubou essa chave?

Rebecca dá uma risada descontraída.

— Tudo o que interessa é o que *você* vai fazer agora, velho amigo. Sabe, não vou aceitar que minha futura família seja maculada por alguém como você. — Seus olhos se estreitam, formando fendas, e ela dá um passo para a frente. — Se quiser que sua namoradinha chegue ao próximo aniversário, é hora de partir, Irving. Você vai voltar para o lugar de onde veio, e não vai voltar nunca mais. Nunca mais vai vê-la.

Minha garganta está terrivelmente seca enquanto olho para ela.

— Certo. Eu vou embora. Mas você vai ter que me dar algum tempo.

— Quanto mais demorar, maior o risco. — Rebecca mostra os dentes num sorriso lúgubre. — Vejo você de novo em 1888. Sozinho.

Assisto, desesperado, à imagem dela estremecer e desaparecer na noite. Não posso deixar Marion; jamais poderia magoá-la dessa maneira. Não creio que eu mesmo pudesse sobreviver a isso. Mas tampouco posso ficar aqui, não com Rebecca à solta e Marion se aproximando de sua linha de fogo.

Só espero que Los Angeles seja longe o suficiente para que eu possa ludibriar Rebecca e manter Marion a salvo.

Um Guardião do Tempo pode existir além da morte apenas se seu eu mais jovem viajar para o futuro, após o final da vida. Mesmo então, a morte ainda pode ocorrer. O falecido Guardião do Tempo não pode mais viver em sua Linha Temporal Natural.

— Manual da Sociedade Temporal

14

DIA ATUAL

*P*hilip entrou no Osborne, depois da aula, sorrindo ao se lembrar da forma como Michele tinha olhado para ele no almoço daquele dia, e de como estar tão perto dela parecia ser a coisa mais certa do mundo. Era difícil acreditar que, no começo, ele havia sido capaz de mantê-la a distância; já estava contando as horas para vê-la de novo na manhã seguinte.

Nunca tinha se imaginado como um daqueles caras tipo nova era, que acreditavam em coisas paranormais. Mas não conseguia negar o que estava acontecendo. Conseguia recordar mais fragmentos de sua história com Michele à medida que passava mais tempo com ela, e, a cada nova recordação, seus sentimentos se fortaleciam.

Enquanto Philip subia as escadas até o apartamento no segundo andar, sua mente já havia chegado e estava ao piano. Podia sentir uma composição se aproximando, e seus dedos se agitavam de ansiedade.

Deixando a mochila no chão ao efetivamente chegar, correu para o instrumento. Mas, antes que suas mãos tocassem as teclas, Philip ouviu um som — um som de algo sendo arranhado, que vinha da sala de estar ao lado. Philip encaminhou-se para lá, a testa franzida enquanto se perguntava se não estaria prestes a ser recebido por uma infestação de ratos. Mas o que viu, em vez disso, fez com que se imobilizasse.

A parede se movia e tremia, letras sendo entalhadas em sua superfície por alguma mão invisível. As letras *P* e *O* projetaram-se da parede, e Philip observou, paralisado, um fantasma invisível gravar as palavras PONTE DO BROOKLYN, 23 HORAS... com a *sua* letra.

Michele voltou para casa, a cabeça a mil com tudo o que havia aprendido sobre a Sociedade Temporal. De certo modo, sentia-se mais velha, como se as descobertas do dia a tivessem feito envelhecer. A ideia de que metade dela pertencia ao presente e metade a 1904 era assustadora e a fazia se sentir uma espécie de experimento bizarro. Como ela iria explicar *isso* a Philip? Não chegaria um momento em que ele iria exigir uma relação normal — com alguém que tivesse uma única Linha Temporal e que não trouxesse junto um monte de elementos sobrenaturais?

— Você está em casa! — ela ouviu Dorothy dizer, aliviada, pela porta aberta da sala de estar.

— Oi — respondeu Michele, juntando-se aos avós.

— Teve sorte com Elizabeth? — perguntou Walter. Ela percebeu pelo tom que ele ainda não depositava muita confiança na amiga de sua mãe.

— Na verdade, sim. Descobrimos que tenho um poder especial de viagem no tempo, algo que pode ser realmente útil. E acho que é o momento de fazer uma última viagem antes de Rebecca adquirir todo o seu poder, amanhã.

— E para onde? — perguntou Walter, preocupado.

— Preciso encontrar com meu pai.

Antes de adentrar a passagem secreta da mansão para viajar a seu tempo alternativo, soou no celular de Michele um aviso de mensagem de texto. Um sorriso iluminou seu rosto quando ela viu o nome de Philip na tela. Clicou para abrir a mensagem: *Ela vai estar na ponte do Brooklyn amanhã, às 23 horas*, dizia. *Precisamos encontrá-la lá. É quando colocaremos um fim nessa história.*

Os olhos de Michele se arregalaram quando ela leu essas palavras. *Como você sabe?*, ela teclou de volta.

Philip — meu antigo eu — me mandou uma mensagem. Se é que dá para você acreditar nisso.

A respiração de Michele ficou presa na garganta. *Eu acredito.*

Guardando o celular no bolso, e com as mãos trêmulas de ansiedade, ela empurrou a estante envidraçada até ela se abrir. Ao entrar na passagem, sussurrou, como num encantamento:

— Leve-me para meu pai... para minha outra Linha Temporal.

East side, west side, all around the town [No East Side, no West Side, por Toda a Cidade]

The tots sang rising-around-rosie, London Bridge is falling down... [As Crianças Cantam Músicas de Ciranda: A Ponte de Londres Está Caindo...]

Michele ergueu a cabeça de repente ao ouvir um som que vinha da biblioteca: era uma criança cantando. Por um instante, hesitou, perguntando-se se uma vez mais teria retornado, sem querer, à infância de seu pai e de Rebecca. Mas então espiou por uma fresta da estante e viu Frances Windsor, com 4 anos, cantando para sua boneca, enquanto

Violet Windsor, com 11 anos, e uma tutora de cara azeda debruçavam-se sobre um livro de francês.

— Quieta, Frances! — Michele ouviu a tutora repreender, e então voltar-se para Violet. — *Répétez, s'il vous plaît: Je m'appelle Violet.*

Michele correu até o final do túnel, alçando-se à superfície. Cruzou o gramado rumo à frente da casa, respirando o ar puro da virada do século. *Por favor, que meu pai esteja aqui*, orou mentalmente enquanto entrava pelas portas de entrada, indo para o Saguão Principal. *Por favor.*

Uma jovem criada descia a escadaria segurando uma bandeja cheia de pratos e talheres usados, enquanto outro empregado empurrava um carrinho de chá rumo à sala de estar. Invisível aos dois, Michele seguiu o empregado, transbordando uma ansiedade repleta de esperança. Mas a sala de estar estava ocupada apenas pela dona da casa, Henrietta Windsor, e uma visitante. Michele esgueirou-se para fora da sala, de repente pensando nas acomodações dos empregados.

Ele pode estar visitando Oliver!

Michele percebeu, consternada, que nunca havia estado nas acomodações dos empregados, e que não fazia ideia de como chegar lá. Saiu correndo pelo andar térreo, o coração batendo forte enquanto procurava as escadas que levavam ao subsolo. Finalmente encontrou na sala de jantar o que buscava: uma porta dourada no fundo do recinto que se camuflava com o resto das paredes, abrindo-se para uma despensa. Era do tamanho de uma pequena cozinha e estava repleta, do chão ao teto, com armários de vidro que continham toda a porcelana e a prataria dos Windsor. Na despensa, uma segunda porta vaivém conduzia ao subsolo da casa.

Ele tem que estar lá, pensou Michele, ansiosa, descendo a escada de dois em dois degraus. Chegou a uma sala grande, mal iluminada, com uma longa mesa e cadeiras ao centro. Parecia a sala de jantar dos empregados ou uma sala de lazer — mas estava vazia. Michele ouviu uma cacofonia de vozes vindo do aposento ao lado, e depressa virou, vendo-se em uma vasta cozinha onde uma cozinheira com ar de matrona berrava ordens para uma equipe de ajudantes de cozinha e copeiras. Mas ainda não havia sinal de Irving Henry.

De repente, a cozinheira e as ajudantes assumiram uma postura de alerta, olhando através de Michele para alguém atrás dela. Ela se virou para ver quem era, e seu coração afundou. O homem era claramente o mordomo — seu uniforme *black-tie* e o comportamento respeitoso do pessoal da cozinha deixavam isso evidente, mas ele não era velho o bastante para ser Oliver, o mordomo que Irving conhecera. A cozinheira saudou-o com um aceno de cabeça.

— Já temos o número total de pessoas que vão jantar, Martin?

— Sim. Esta noite a mesa será colocada para seis pessoas — anunciou Martin. — O senhor Henry vai ficar para jantar.

O coração de Michele quase parou.

— Que bom que estou fazendo seu cozido favorito — disse a cozinheira com afeto. — Não sabia que o senhor Henry havia voltado, ou teria feito uma forma de amanteigados para o chá dele.

— Ele acabou de chegar, e um dos criados já está lhe servindo o chá no gramado agora — Martin informou a ela. — Mas tenho certeza de que os amanteigados serão bem-vindos amanhã, se ele passar a noite...

Michele não esperou nem mais um segundo. Saiu correndo, cruzou a sala dos empregados, subiu as escadas, passou pela despensa e pela sala de jantar; depois disparou pelo Saguão Principal e, do lado de fora, contornou a casa rumo ao gramado dos fundos, sentindo o coração quase sair do peito quando viu o homem a distância, sentado numa cadeira de vime, os olhos fechados enquanto voltava o rosto para o céu.

Ela chegou mais perto, prendendo a respiração. Irving Henry abriu os olhos ante o ruído de sua aproximação. Ele fitou Michele, e ela lhe devolveu o olhar, assimilando cada detalhe de estar enfim vendo o pai... em pessoa. Irving Henry havia envelhecido, mas ainda era atraente. No rosto dele, Michele podia ver uma sombra remanescente do rapaz que sua mãe havia amado.

Quando rompeu o silêncio, sua voz era incrédula, esperançosa e familiar:

— *Marion?*

Michele lutou para responder:

— N-não. Não sou Marion.

Irving examinou-a com atenção. Seus olhos se encheram de espanto quando viu sua face refletida na dela.

— A Menina Que Sumiu — ele murmurou. — A Menina Que Sumiu no parque. — Ele se endireitou na cadeira.

— Você se *lembra* — murmurou Michele, olhando para ele, atônita. — Não acredito que possa se lembrar daquele dia.

O rosto de Irving se contraiu, e Michele quase conseguiu vê-lo recordando-se de sua companheira naquele dia; quase podia senti-lo perguntando-se se ela estava ali por causa de Rebecca.

— Quem é você, de verdade?

E Michele disse as palavras que havia imaginado dizer durante toda a vida:

— Meu nome é Michele Windsor. Sou sua filha.

Irving arquejou. Olhou para ela, aturdido, a hesitação brilhando momentaneamente em seus olhos. Mas então, enquanto olhava aquele rosto que se parecia tanto com o seu, a convicção se instalou nele.

— Eu... eu tenho uma filha? — Sua voz era pouco mais que um sussurro.

Michele, trêmula, ergueu a corrente e mostrou-lhe a chave. Irving caiu de joelhos ao vê-la, lágrimas brilhando em seus olhos.

— Não entendo. Como pode ser? Nunca soube de você! — disse, olhando-a como se temesse que ela pudesse sumir.

— Mamãe não sabia que estava grávida até... até que você foi embora.

— Minha filha... Você é minha filha — ele repetiu, atordoado.

Irving deixou escapar um soluço. Ergueu-se devagar, e então a envolveu em seus braços, abraçando-a enquanto as lágrimas dela caíam na manga do casaco dele.

— Papai — exclamou Michele —, finalmente encontrei você!

O corpo de Irving se sacudia enquanto falava:

— Deixar Marion foi o pior erro que já cometi. Achei que seria apenas temporário, que a estaria protegendo. Achei que a chave a traria de volta para mim. Mas estava enganado, e meu maior arrependimento é o tempo que perdi longe dela... e, agora, longe de você. — Ele observou Michele de maneira intensa. — Onde está ela? *Como* ela está? Esperei tanto tempo... Daria qualquer coisa para vê-la de novo.

Michele não conseguiu falar. Quando desviou o olhar, Irving balançou a cabeça, desesperado, negando-se a compreender uma verdade tão terrível.

— Não... Não pode ser — sussurrou. — Não Marion.

— Foi um acidente de carro. — Havia um nó na garganta de Michele por causa das lágrimas. — Dois meses atrás. Foi por isso que tive que me mudar para cá. E foi por isso que descobri sua chave. Estava no cofre dela. Ela nunca soube o que era.

Irving olhou para Michele angustiado, os olhos parecendo suplicar para que lhe dissesse que não era verdade, que Marion ainda estava viva.

— Nunca deixei de amá-la — ele disse, depois de uma longa pausa. — Desde o instante em que voltei a meu tempo, sabia que era possível que não a visse nunca mais. Mas os anos que se passaram não mudaram nada. Tenho pensado em Marion a cada minuto; sinto falta dela todos os dias. Tornei-me o advogado da família Windsor para poder me sentir mais próximo dela. Só fui embora para protegê-la, para lhe dar um futuro melhor. Acho que nunca me passou pela cabeça que... eu poderia falhar.

— Você estava protegendo ela de Rebecca, não é?

Irving lançou-lhe um olhar penetrante, a testa enrugando-se de preocupação.

— O que você sabe sobre Rebecca?

— Li os diários que você deixou para mamãe. Mas tem mais do que isso. — Michele respirou fundo. — Rebecca está no futuro, em meu tempo, e quer me ver morta. A nova presidente da Sociedade Temporal me contou que Rebecca assassinou Millicent August em 1910 e roubou a chave dela. É assim que ela conseguiu viajar para meu tempo, manipulando sua idade.

O rosto de Irving empalideceu. Ele segurou a mão de Michele.

— Fique aqui em 1904 comigo — implorou. — Posso proteger você dela; ela ainda nem a conhece. Por favor, não volte se ela estiver atrás de você. Deixe-me protegê-la, como deveria ter protegido Marion.

— Não posso ficar — disse Michele, pesarosa. — Ela está ameaçando meus avós e meus amigos; não posso abandoná-los enquanto ela estiver à solta. E pode ser que amanhã tenhamos uma chance de finalmente colocar um fim nisso. Vamos nos encontrar com ela na ponte do Brooklyn. Não se preocupe, terei ajuda.

— Não suporto saber que está em perigo. É culpa minha. — Irving olhou desesperado para ela. — Por favor, tem que haver algo que eu possa fazer.

Michele recordou as palavras de Ida, mas hesitou em repeti-las. Ela acabava de conhecer o pai. Não podia pedir que arriscasse a vida por ela.

— Não me restou nada — disse Irving, a voz baixa. — Perdi Marion, e agora que encontrei você... não poderia suportar perdê-la também. Se houver a menor possibilidade de eu poder ajudar, *devo* fazê-lo.

Michele piscou os olhos para conter uma nova onda de lágrimas.

— A nova presidente da Sociedade Temporal, Ida Pearl, me disse que Millicent tinha uma teoria... Ela acreditava que um Guardião do Tempo que manipula a idade teria que morrer em múltiplas Linhas Temporais além da própria para desaparecer para sempre. — Ela estremeceu. — Não sei se isso funcionaria, e não posso nem imaginar ser responsável pela morte de alguém.

A face de Irving encheu-se de determinação.

— Você nunca seria responsável. É tudo culpa de Rebecca. Nós *temos* que fazer o que for possível para acabar com isso, para proteger você. Conheci Millicent e confio em qualquer teoria dela. — Ele pensou rápido. — Eu poderia atrair Rebecca para que se encontrasse comigo na ponte do Brooklyn no mesmo dia que você vai se encontrar com ela, só que em nosso tempo. Se puder derrotá-la em meu tempo, e você tiver sucesso no seu, e se a teoria de Millicent estiver correta... este poderia ser o fim de Rebecca.

— Recebi a informação de que ela estaria lá no dia 23 de novembro, em meu tempo, às 23 horas. — Michele fixou os olhos no pai, inundada pela emoção. — Gostaria que não tivesse que ver Rebecca de novo. Tenho medo de como você pode reagir a isso.

— Não precisa se preocupar. Fico satisfeito por fazer o que puder para proteger você. — Quando Irving a olhou, Michele teve a impressão de que ele podia ler seus pensamentos. Então Irving lhe perguntou com suavidade: — Há alguma outra coisa que a incomoda?

Michele confirmou devagar com um aceno de cabeça.

— Quando encontrei seus diários na passagem secreta, esta semana, fiquei tão grata por poder conhecer sua história e saber mais sobre você. Só queria que tivessem sido encontrados por mamãe. — Ela baixou os olhos. — Fui até a Sociedade Temporal depois de saber da existência dela, por meio de seus diários, e a presidente me contou que, tendo nascido uma criança transtemporal, eu estaria para sempre dividida entre seu tempo e o de mamãe, viajando contra minha vontade. Isso já começou. — Michele olhou para o pai, amedrontada. — Não sei como controlar isso.

— Ah, Michele. — A voz de Irving falhou. — Eu sinto tanto... Não sabia. Nunca desejei que você tivesse que carregar esse fardo. Mas, agora que conheci você... Você é perfeita, e sei que o destino quis que estivesse aqui; que fizesse grandes coisas com seus dons e sua vida. Prometo que farei tudo o que puder para tentar ajudá-la.

Michele sorriu, emocionada com as palavras dele.

— Há uma centelha de esperança. Hoje descobri que posso viajar sem a chave, como seu pai podia.

Ela viu os olhos de Henry se arregalarem, e ele sorriu, orgulhoso.

— Inacreditável! Não imagina quantas vezes tentei fazer isso desde que saí da década de 1990, mas nunca consegui viajar no tempo sem a chave. O dom deve ter pulado uma geração. Você é de fato a neta de meu pai. — Ele a olhou com carinho.

— Mas, se não pode viajar sem a chave, como voltou a 1888 depois de deixá-la para minha mãe?

— Segurei a chave enquanto começava meu salto temporal, e a larguei só depois de sentir que me erguia no ar. O professor de física para quem eu trabalhava na época foi a única pessoa a quem confiei meu segredo. Ele acreditava em viagens no tempo e ficou fascinado com minha história. Pegou a chave quando ela caiu de minha mão, e deveria ter se assegurado de que Marion a receberia. Eu me pergunto: quando ele viu que não voltei, e que Marion nunca partiu, por que não lhe contou a verdade?

— Procurei por ele quando encontrei a nota que ele deixou para mamãe junto com a chave. Ele morreu depois de uma batalha de anos contra um problema no coração — Michele explicou com tristeza. — Talvez nunca tenha tido a chance de falar com ela.

Irving tomou as mãos dela nas suas.

— Sua mãe e eu... Nossa história é uma tragédia, e sinto a dor da perda cada dia de minha vida. Mas você... Você é o raio de luz em tudo isso. Descobrir você agora... Isso faz com que tudo pareça bem. Millicent dizia que os Guardiões do Tempo mais habilidosos eram aqueles que podiam viajar mesmo sem a chave, como um mago capaz de fazer mágica sem uma varinha. Transtemporal ou não, você é poderosa. —

Ele a abraçou com força. — Você sabe que será capaz de ter a vida plena que quer e merece, não importa o que diga a Sociedade Temporal.

— Obrigada, papai. Você não sabe como eu precisava ouvir isso. E, agora que sabemos que posso viajar sem a chave... — Michele ergueu os braços para tirar a corrente do pescoço, mas Irving a deteve.

— Não, ela é sua. Quero ter certeza de que sempre a terá com você, para o caso de algo lhe acontecer e você precisar. Além do mais, espera-se que ela seja passada a seu próprio descendente algum dia.

A imagem dele começou a ondular na frente dela, e sua voz débil disse algo que ela não conseguiu escutar. Michele estendeu a mão para ele, desesperada para manter o pai consigo, só mais um pouco.

— Papai, posso sentir... estou voltando! — gritou.

Ele a puxou para um último abraço.

— Lamento muito não ter sabido de sua existência até agora — ele disse, determinado. — Mas este não é o fim. Você sempre vai poder me encontrar. O passado está aberto para você. Você é uma Guardiã do Tempo. E farei tudo o que puder, neste tempo, para ajudar você a ter êxito. Minha filha, eu te amo.

Michele sorriu por entre as lágrimas.

— Eu também te amo.

E então ela sentiu seu corpo começar a pairar acima do chão, a imagem do pai tornando-se difusa até sumir, e ela soube, com certeza, que tinha voltado a seu tempo.

SÉTIMO DIA

Michele despertou sentindo que o mundo de alguma maneira havia mudado da noite para o dia. O céu exibia um cinza mais escuro e mortiço, sem nenhum traço de sol, e os costumeiros carros em disparada e as sirenes uivantes de Manhattan estavam bizarramente silenciosos. Era como se a cidade se escondesse na expectativa da iminente Visibilidade de Rebecca.

Desta vez, Michele cedeu quando Walter e Dorothy lhe pediram que ficasse em casa e não fosse à escola. Ela detestava pensar nisso, mas, se Rebecca fosse bem-sucedida naquela noite, Michele queria que os avós tivessem uma última recordação de estarem com ela. Os três passaram o dia juntos, falando sobre tudo: suas lembranças de Marion, quando conheceram Irving, a relação dela com Philip. Teria sido o dia mais especial que já havia passado com Walter e Dorothy, não fosse pelo evento que tinham pela frente.

Philip apareceu em seu Audi na hora do jantar, e, enquanto o apresentava aos avós, Michele pensava em como era surreal e estranho que o primeiro encontro deles estivesse acontecendo antes do confronto iminente com Rebecca. Durante o jantar do dia anterior, Walter e Dorothy haviam ouvido, atônitos, a história de Michele, quando ela havia contado a eles sobre o relacionamento com Philip e como ele sabia da existência de Rebecca. Ela percebeu que haviam ficado assustados com a ideia de que a história se repetisse com outro romance transtemporal, mas também pareceram ficar reconfortados com o potencial de Philip para ajudar Michele.

Depois de um jantar tenso, em que nenhum deles conseguiu comer, os quatro se acomodaram no carro de Philip, com Michele no banco da frente. Enquanto seguiam pela rua, Philip pousou sua mão sobre a dela num contato reconfortante, e ela se admirou com sua capacidade de sentir uma descarga elétrica ao toque dele, mesmo num momento como aquele.

1953

Philip Walker abotoou o sobretudo e ajeitou melhor o cachecol em volta do pescoço, tentando se proteger das rajadas de vento repentinas e violentas. Ele com certeza escolhera o dia errado para sua caminhada vigorosa pela ponte do Brooklyn. Havia poucos pedestres além dele, e resmungavam, mal-humorados, contra o tempo.

Já estou na metade, não faz sentido voltar atrás agora, pensou Philip, dando de ombros, e seguiu em frente.

1904

Irving esperava, numa expectativa tensa, na passarela de pedestres no meio da ponte do Brooklyn. Será que Rebecca viria? Mandara-lhe um telegrama pedindo que ela viesse encontrá-lo na ponte e não tivera resposta, mas sabia como ela gostava de deixar as pessoas em suspense. Depois de tantos anos, imaginava que ela ficaria curiosa demais para recusar. Ele batia a ponta do pé no chão num gesto nervoso enquanto esperava, o pensamento voltado para sua filha, mais de cem anos no futuro.

2010

Depois de estacionar o carro, Philip, Walter e Dorothy rodearam Michele, escoltando-a ao se dirigirem à ponte. Os quatro foram até a grade, e os dedos de Philip se entrelaçaram aos dela enquanto olhavam para a escuridão, por cima do East River. Por um breve instante, Michele baixou a guarda, fingindo que estavam passeando, e não naquela missão horrenda. Mas então ela ouviu sua avó gritar.

1904

A espinha de Irving se enrijeceu quando a visão odiosa entrou em foco: uma figura alta, majestosa, com fartos cabelos negros e olhos escuros ameaçadores, vindo na direção dele. Lutou contra uma onda de náusea, as mãos cerrando-se em punhos, à medida que ela se aproximava.

— Irving Henry. Sabia que sentiria a minha falta.

A intimidade na voz dela era repugnante. Irving forçou-se a ficar calmo, a olhar nos olhos dela. Ao fazê-lo, porém, recuou, horrorizado com o que viu neles.

1953

Philip Walker sentiu um olhar cravado nele. Virou-se e viu que alguém que também estava na ponte o encarava com desagrado. Ele a olhou com atenção, alarmado. Seria de fato...? *Sim.* Era Rebecca Windsor, a mesma pessoa contra quem Michele o alertara, cerca de vinte anos antes. Fazia quase meio século que Philip não via Rebecca, mas ainda assim ela o reconheceu, olhando-o com ódio. O coração de Philip se acelerou de medo ao se lembrar das palavras de Michele: "Ela quer me ver morta".

2010

Michele e Philip viraram rápido com o som dos gritos de Dorothy, e se seguraram um no outro com força, enquanto a criatura de seus pesadelos aproximava-se. Rebecca parecia assustadora e poderosa em sua forma humana plena, alta e robusta, os cachos negros emoldurando como serpentes o rosto hostil, os olhos como poços escuros. Trazia nas mãos uma tocha em chamas, e Michele gritou ao ver sua avó dobrada em agonia, enquanto as chamas de Rebecca ardiam a seus pés. Michele correu até ela, bem na hora em que Rebecca jogou uma segunda tocha, que acertou em cheio a perna da jovem. Michele gritou de dor, as pernas cedendo sob si enquanto o fogo queimava. Ao cair ao chão, escutou o grito de Philip; podia ouvir ele e Walter batendo com os pés no chão, tentando apagar as chamas que cercavam ela e Dorothy. Na fração de segundo em que todos tinham os olhos baixos, combatendo o fogo, Rebecca moveu-se por trás de Michele.

A lâmina afiada de uma faca feriu o tronco de Michele. A jovem urrou de dor. Então era isto: ia morrer. Assistiu, horrorizada, ao sangue empapar sua camisa, o fogo ainda envolvendo-lhe os *jeans*.

Acima dos gritos de Dorothy e do rugido de fúria de Philip, ouviu uma voz fria dizer:

— Finalmente.

A última coisa que viu antes de perder os sentidos foi Rebecca Windsor brandindo a faca ensanguentada, um brilho selvagem nos olhos.

1904

Irving tremeu de fúria ao olhar para Rebecca, a visão invadindo-lhe a mente: Michele em posição fetal sobre a ponte do Brooklyn, coberta de sangue e chamas, enquanto Rebecca erguia-se acima dela com a faca. Precisava fazer algo — *tinha* que impedir aquilo.

— E então? Não vai dizer nada? — Rebecca deu um sorriso sarcástico. — Faz dezesseis anos que você não me vê.

Irving agarrou-a com uma força que nunca soube ter, empurrando-a contra o guarda-corpo da ponte.

— Você. *Nunca*. Vai. Ferir. Minha. Filha — rosnou na orelha dela, antes de jogá-la por cima da grade.

2010

— *NÃO!* — gritou Philip, em agonia.

Vendo Michele desmaiada e sangrando, na ponte em chamas, sentiu como se estivesse sendo dividido em dois. A visão do sorriso de Rebecca foi a gota d'água. Ele lançou um grito estrangulado e se jogou sobre ela, pegando-a de surpresa. Reunindo toda a sua força, levantou-a nos braços. Walter avançou para ajudar com o peso e ambos a ergueram no ar... jogando-a da ponte do Brooklyn antes que ela tivesse a chance de fazer mal a Michele outra vez.

1953

Aconteceu rápido demais. Philip assistiu, em choque, ao que pareceu ser uma mão invisível *empurrando* Rebecca por cima da grade da ponte. Num momento, ela avançava na direção dele. No seguinte, estava morta nas águas lá embaixo. Recuou diante da visão.

Fui eu quem fez isso? Não era possível. Mas... quem? Como?

Philip se afastou depressa, ansioso por ficar o mais longe possível do ponto onde Rebecca perdera a vida. Enquanto corria para a extremidade da ponte, um pensamento passou por sua mente, enchendo-o de alívio.

Michele vai ficar bem; ela está a salvo. Rebecca nunca mais poderá feri-la.

2010

Quando o corpo de Rebecca bateu nas águas do East River, a chave de Millicent por fim soltou-se do pescoço da ladra, erguendo-se no ar.

As pálpebras de Michele estremeceram. Enquanto Walter discava 911 num frenesi, Philip juntou-se a Dorothy, que estava debruçada sobre Michele, amparando seu corpo ferido.

— Terminou — disse-lhe Philip, segurando a mão dela. — Ela nunca mais vai fazer mal a você... ou a sua família.

*L*inha Temporal Natural é outra forma de chamar o Destino. É a vida sem a interferência dos viajantes do tempo, na qual Guardiões do Tempo podem observar eventos fora da sequência da Linha Temporal Natural, mas sem afetá--la.

Se um Guardião do Tempo de algum modo causa uma mudança, terá alterado o Destino? Ou o Destino já pressupunha as ações do Guardião do Tempo desde o princípio?

A questão ainda está aberta a debate, embora eu deva admitir que minha crença se incline por essa última opção.

— MANUAL DA SOCIEDADE TEMPORAL

15

Uma batida suave soou na porta do quarto de Michele no hospital Lenox Hill.

— Pode entrar — ela respondeu, olhando para o lado e sorrindo ao ver Philip ainda adormecido na cadeira de visitas.

Quando a visitante entrou no quarto, segurando um enorme buquê de flores, Michele tentou se sentar, arregalando os olhos.

— Ida Pearl!

— Olá, querida — disse Ida, calorosa, postando-se ao lado da cama de hospital. — Como está se sentindo?

— Melhor a cada dia. — Michele abriu um sorriso corajoso.

— Vim assim que soube. — Ida fez uma pausa. — Creio que lhe devo um agradecimento... e um pedido de desculpas. Graças a você, a chave de Millicent já não dá poder a uma doida. Você restaurou o sentido de ordem ao nosso mundo... você e seu jovem companheiro.

Ida sorriu para Philip, ainda adormecido.

— Meu pai também — acrescentou Michele. — Sei que ele ajudou, em 1904, como havia prometido.

— Estávamos errados a respeito de você e de Irving — confessou Ida. — Vejo isso agora, e espero que aceite minhas desculpas e o convite para filiar-se à Sociedade Temporal.

— Ficarei muito feliz em me filiar... especialmente se puder me ajudar. — A expressão de Michele ficou séria. — Por mais que eu curta viver a história e viajar para o passado, quero viver no presente, com Philip. Não quero ter que me preocupar com uma vida em 1904; só quero viver no aqui e agora. Será que pode me ajudar nisso?

— Prometo tentar — concordou Ida. — O fato de que você pode viajar sem a chave mostra que tem um nível de poder mais alto que o da maioria dos Guardiões do Tempo. Quem sabe podemos agendar algumas aulas particulares para refinar suas habilidades. Não me surpreenderia se, com o talento que já demonstrou, você pudesse encontrar uma forma de controlar isso.

Michele deixou escapar um suspiro de alívio.

— Obrigada. E... tem mais uma coisa.

— Sim?

— Se, como você disse, quebrar as leis da sociedade nem sempre é ruim... então o que aconteceria se eu voltasse no tempo e tentasse deter o acidente de minha mãe? — Michele fixou os olhos na presidente da sociedade, esperançosa. Havia pensado nisso com frequência desde que descobrira que podia viajar no tempo. Embora tivesse sonhado com sua mãe dizendo-lhe para não tentar mudar o destino, que havia sido sua hora de ir embora, Michele ainda não conseguia aceitar esse fato.

Ida suspirou.

— Receio não ser possível, pois criaria um paradoxo.

— Como assim?

— Foi a morte de sua mãe que permitiu que você descobrisse a chave e seu poder. Assim, você não pode voltar no tempo e impedir justamente o evento que lhe permite viajar no tempo — explicou Ida. — Você pode tentar, mas, quando se trata de paradoxos como esse, não importa o que faça, o resultado será sempre o mesmo. — Ela estendeu a mão e a pousou de forma reconfortante no ombro de Michele. — A única coisa que você *pode* fazer é buscar a aceitação.

— Não tem sido fácil — murmurou Michele. — Mamãe era minha melhor amiga.

— Eu entendo, mas você sabe melhor do que ninguém que o Tempo e a Morte são as duas maiores ilusões. Aqueles que amamos e perdemos nunca se vão realmente quando o passado ainda existe. É apenas mais uma camada do universo.

Michele ficou em silêncio, pensando nas palavras de Ida, quando lhe ocorreu uma pergunta:

— Você faz ideia do que aconteceu com a chave de Millicent? Philip e meus avós viram ela pairar no ar quando Rebecca caiu, mas não conseguiram determinar para onde ela foi.

— Também não sabemos — admitiu Ida. — Estamos enviando quase todos os nossos Guardiões do Tempo em missões para diferentes lugares tentando localizá-la. Mas o mais importante é que ela já não está mais com Rebecca.

— Concordo cem por cento — disse Michele.

— Vejo você em breve, espero. Seus ferimentos estão melhorando? Se precisar, temos alguns médicos incríveis na sociedade...

— Estou bem — ela riu. — *Adoraria* ser tratada por um viajante do tempo, mas por sorte meu abdome está começando a sarar, e meus *jeans* me protegeram do pior efeito do fogo, e não tive nenhuma queimadura permanente.

— Fico feliz por ouvir isso. Meus parabéns, Michele. Você se mostrou uma Guardiã do Tempo muito especial e capaz.

Com um último sorriso de aprovação, Ida saiu pela porta, e logo em seguida entrou Caissie Hart, que tinha os olhos vermelhos.

— Oi — saudou-a Michele, surpreendida.

Caissie irrompeu em lágrimas.

— Está tudo bem, estou viva.

— Não, me desculpe, de verdade — chorou Caissie. — Fico doente só de pensar que eu *ajudei* aquela psicopata. Se eu soubesse... Mas, de todo jeito, eu estava errada. Só desejo que a gente possa voltar a nossa amizade.

— Talvez a gente possa. Não sei — Michele respondeu com franqueza. — Mas acredito de verdade que você não queria que nada disso acontecesse.

— Vou compensar você por isso — prometeu Caissie. — De algum modo.

Philip finalmente começou a acordar.

— Ah, oi, Caissie — murmurou, em meio a um bocejo, antes de virar de lado e cair no sono de novo.

Michele e Caissie se entreolharam e caíram na risada.

— Ele está mantendo uma vigília e tanto — disse Caissie sorrindo.

— Ele tem sido incrível — concordou Michele. — Especialmente considerando que ele salvou minha vida. E a parte mais incrível é que *era* ele, o tempo todo... O mesmo Philip, numa nova vida.

Uma semana depois, Michele já estava de alta, de novo em casa, e, exceto pela bandagem gigante que ainda cobria seu abdome, já quase voltara ao normal. Estava deitada no sofá de sua sala de estar, a cabeça aninhada no colo de Dorothy, enquanto viam uma minissérie melosa da BBC. Walter estava sentado na poltrona ao lado delas, perto de uma foto de Irving Henry emoldurada em prata, que ele e Dorothy haviam dado de presente a Michele enquanto ela estava no hospital. Enquanto os créditos finais passavam na tela da TV, Michele ouviu uma batida familiar à porta.

— Pode entrar — ela gritou, seu humor melhorando instantaneamente.

Philip entrou na sala, e o rosto de Michele se iluminou. Apesar dos estragos que Rebecca causara em sua família, e dos problemas que sabia que ainda iria enfrentar, Michele sentia-se uma das garotas mais sortudas do mundo. O rapaz que ela amava, aquele que a tinha seguido através do tempo, havia voltado para ela, e estava pronto para encarar este novo futuro a seu lado.

— Acho que temos algumas coisas para tratar com Annaleigh — disse sua avó, levantando-se. — Certo, Walter?

— Hum, certo. Vemos vocês dois mais tarde, então.

Michele e Philip riram disfarçadamente quando Walter e Dorothy saíram da sala.

— Eles acham que estão sendo tão discretos — Michele disse afetuosamente, chegando mais perto de Philip. — E aí, quais as novidades?

— Tenho algo para lhe dar — disse Philip, e, com um sorriso, tirou do dedo o anel de sinete. — Acho que isto pertence a você.

Michele o encarou, os olhos brilhando.

— Nem sei o que dizer.

— Então não diga nada — ele murmurou, aproximando o rosto do dela.

Michele fechou os olhos, seu corpo retesando-se de expectativa quando ele roçou os lábios nos dela, lenta e suavemente. Sentiu-se arquejar, e de repente estavam se beijando, os lábios dele acariciando o pescoço e a garganta dela, enquanto ela corria os dedos pelos cabelos dele. Ele a puxou para mais perto, e, enquanto os lábios deles se encontraram de novo e de novo, ela desejou poder reter aquele momento para sempre.

Quando enfim conseguiram se separar, Philip segurou a mão dela.

— Está pronta?

Ela sabia o que ele queria dizer. Estaria ela pronta para assumir a vida de uma Guardiã do Tempo, e ao mesmo tempo os papéis de herdeira dos Windsor e estudante do ensino médio? Estaria pronta para encarar seu destino: passado, presente e futuro?

Ela o fitou com olhos cintilantes.

— Claro... Estou com você.

NOTA DA AUTORA

Enquanto eu escrevia *Muito Além do Tempo*, minha pesquisa histórica foi exaustiva — sentia como se estivesse viajando ao passado com Michele! Quando comecei esta continuação, revisitei minha pesquisa anterior e explorei algumas novas áreas. Abaixo estão os recursos que utilizei.

A VELHA NOVA YORK
E A VIDA NA ERA DOURADA

Assim como em *Muito Além do Tempo*, o cenário sempre em transformação de Nova York é um tema constante em *A Guardiã do Tempo*. Aluguei um apartamento em Manhattan enquanto escrevia *Muito Além do Tempo*, e a melhor pesquisa foi, na verdade, apenas morar lá e respirar o ambiente da cidade, explorar os bairros e pontos importantes, e conhecer Nova York de dentro para fora. Especialmente úteis em minha pesquisa foram a Sociedade Histórica de Nova York, o Museu da Cidade de Nova York e a Biblioteca Pública de Nova York.

Boa parte de *A Guardiã do Tempo* se passa no início da era dourada, em 1888 — mais de vinte anos antes do destino das viagens no tempo de Michele em *Muito Além do Tempo*. Para mergulhar na Nova York da era dourada, reli vários livros escritos sobre essa era ou ambientados nela. Algumas de minhas recomendações: *A Season of Splendor: The Court of Mrs. Astor in Gilded Age New York*, de Greg King; *Consuelo and Alva Vanderbilt: The Story of a Daughter and a Mother in the Gilded*

Age, de Amanda Mackenzie Stuart; *Fortune's Children: The Fall of the House of Vanderbilt*, de Arthur T. Vanderbilt II; *When the Astors Owned New York: Blue Bloods and Grand Hotels in a Gilded Age*, de Justin Kaplan; *The Custom of the Country*, de Edith Wharton; e *Prelude to the Century: 1870-1900*, parte de série *Our American Century*, da Time-Life. Também estudei o excelente documentário *New York*, dirigido por Ken Burns.

A MANSÃO WINDSOR

As mansões da Quinta Avenida da velha Nova York infelizmente não existem mais, mas você pode ter um vislumbre fascinante do que eram tais casas visitando Newport, Rhode Island. A Sociedade de Preservação do Condado de Newport salvou e preservou totalmente algumas das mais espetaculares casas de verão de propriedade de famílias de Nova York como os Vanderbilt e os Astor. Fiz uma viagem de pesquisa a Newport enquanto escrevia *Muito Além do Tempo*, e baseei a Mansão Windsor em duas diferentes mansões Vanderbilt ali existentes: a Marble House, de Alva Vanderbilt, e The Breakers, de Alice Vanderbilt. Tanto Marble House quanto The Breakers foram projetadas e construídas pelo mais renomado arquiteto da era dourada, Richard Morris Hunt, enquanto a decoração de interior ficou a cargo de Jules Allard and Sons. O Saguão Principal da Mansão Windsor foi inspirado num vestíbulo de entrada semelhante em The Breakers, enquanto baseei o exterior da mansão em Marble House. Recomendo vigorosamente uma visita a Newport, mas você pode também fazer uma visita a distância por meio dos livros e DVDs da Sociedade de Preservação — e checar *newportmansions.org*! A série de DVDs *America's Castles*, da A&E, também tem um ótimo episódio sobre as Mansões de Newport e seus proprietários ilustres.

O OSBORNE

Boa parte da ação desta história se passa no Osborne, edifício de apartamentos declarado Patrimônio Histórico Oficial da Cidade de Nova York. Meu mentor, o compositor Maury Yeston, mora no Osborne, e toda vez que eu o visitava ficava impressionada com a grandiosidade e a história do edifício. Sou grata a Maury por me inspirar a incorporar o Osborne na história, e por me apresentar o historiador do edifício, Lester Barnett. Sou muito grata a Lester por partilhar comigo seu imenso conhecimento sobre a história do Osborne, e por me mostrar seu apartamento vitoriano preservado! Mais informações e fotos do Osborne estão disponíveis *on-line*.

MÚSICA ORIGINAL

Em *Muito Além do Tempo*, Michele e Philip se apaixonam enquanto compõem música juntos. Eles colaboram em duas músicas no livro, *Bring The Colors Back* [Traga as Cores de Volta] e *Chasing Time* [Perseguindo o Tempo]. Eu mesma sou cantora e compositora, e inspirei-me a escrever e gravar as músicas deles, para dar aos leitores uma experiência completa! Primeiro escrevi a letra, depois compus a música em parceria com os compositores Heather Holley e Michael Bearden. Michael então produziu as faixas. Tive a felicidade de poder gravar essas músicas com uma incrível orquestra de dez instrumentos!

Em *A Guardiã do Tempo*, Michele e o Philip do século XXI compõem juntos uma nova música, chamada *I Remember* [Eu me Lembro], que eu também compus e gravei. Você encontra todas as músicas da saga *Timeless* no iTunes e em meu *site*: alexandramonir.com. Espero que você curta!

Para mais informações e atualizações sobre a saga, entre em contato comigo por meio do meu site, do Facebook (facebook.com/Timeless-Series) e do Twitter, em @TimelessAlex. Muito obrigada.

AGRADECIMENTOS

Os dois anos desde que *Muito Além do Tempo* foi lançado foram incrivelmente especiais, e tenho tantas pessoas a quem agradecer! Meu carinho e reconhecimento vão, antes de mais nada, a todos os fãs de *Muito Além do Tempo*. Obrigada por acolherem a história, e por suas mensagens carinhosas, que me trouxeram tantos sorrisos! Escrevi este livro com todos vocês na mente e no coração.

À melhor equipe editorial que um autor poderia desejar, Beverly Horowitz e Krista Vitola: vocês fizeram meus grandes sonhos se tornarem realidade, e sou muito agradecida a vocês duas. Beverly, obrigada por me tomar sob sua proteção. Sua orientação e sua fé em mim significam muito! Krista, obrigada por ser uma editora brilhante e maravilhosa. Trabalhar com você é uma alegria tremenda!

Eu não poderia desejar uma capa mais romântica, e por ela tenho que agradecer a Vikki Sheatsley, pela maravilhosa diagramação, e a Chad Michael Ward, pela linda fotografia. Amanda Hong e Colleen Fellingham, estou assombrada com a habilidade de vocês na edição de textos — obrigada pelo excelente trabalho! Muito obrigada às equipes de vendas, marketing e divulgação da Random House. Estou tão grata por tudo o que fazem!

Obrigada a meu agente, Andy McNicol, da William Morris Endeavor, que me encorajou a escrever *Muito Além do Tempo* na época em que tive a ideia, e que logo encontrou um lar para ele na Random House. Você mudou minha vida para melhor! Um obrigada especial a minha agente de direitos no exterior, Laura Bonner, e meu agente de filmes, Eric Reid.

Colleen Houck, obrigada por seu apoio maravilhoso e pelas frases fabulosas para divulgação — estou honrada! E obrigada pelas coisas incríveis que você faz pela comunidade Young Adult.

Michael Pietrocarlo, você é de fato um grande artista e amigo. Muito obrigada por dar vida a minha visão da sede da Sociedade Temporal com sua ilustração incrível!

Kelly Rutherford, muito obrigada por seu entusiasmo e pelo apoio a *Muito Além do Tempo*. Ann Marie Sanderlin, agradeço muito sua paixão por este projeto.

Brooke Kaufman-Halsband, obrigada por todo o seu carinho e por acreditar em mim quando telefonei para você, do nada, quando tinha dezessete anos de idade! Obrigada a todos os demais em HK Management.

A todas as editoras estrangeiras da saga *Timeless*, obrigada por apresentarem meus livros a outros públicos e possibilitar que sejam lidos em outros idiomas!

Meu muito obrigada a todos os livreiros, bibliotecários, blogueiros, professores e todos na comunidade dos livros que ajudaram a divulgar esta saga. Sou muito grata por seu entusiasmo e apoio.

Serei grata para sempre aos melhores pais do mundo, que tornaram tudo isso possível: meu pai Shon Saleh (que inspirou o personagem de Irving Henry!) e minha mãe, ZaZa Saleh. Amo demais vocês dois.

ZaZa — aliás mamãe — você é minha melhor amiga e anjo da guarda na Terra! Sempre encorajou meus sonhos e, enquanto escrevia este livro, você superou a si mesma com sua bondade e generosidade. Desde ser uma extraordinária leitora beta até me apresentar dicas de escrita enquanto eu tentava cumprir os prazos, você tem me dado o apoio mais incrível. Sou realmente abençoada.

Um tremendo obrigada e muito amor a meu espetacular irmão mais velho, Arian Saleh! Seus comentários ponderados e inteligentes foram tão úteis, e me incentivaram a fazer desta história o melhor que ela podia ser. E obrigada por me apresentar aos livros, filmes e músicas que despertaram minha criatividade desde que éramos pequenos.

Uma parte importante de ser um escritor é ter uma vida pessoal rica na qual se inspirar, e isso me leva a um agradecimento muito especial. Obrigada a meu ♥, Chris Robertiello, por sempre me fazer rir, provocar um frio na minha barriga, trazer pessoas fantásticas para minha vida e fazer com que cada dia pareça uma aventura maravilhosa!

Obrigada a James e Dorothy Robertiello, por todo o carinho, risadas e momentos especiais. Jimmy, sinto que tive tanta sorte em ter conhecido você, e sempre vou me lembrar da forma como você viveu com amor cada dia de sua vida.

Lisa Kay, obrigada por sua bela alma e por compartilhar seus talentos com o mundo. A personagem de Elizabeth Jade neste livro é inspirada em você!

Chessa Latifi e Ross Donaldson, nunca vou me esquecer daqueles dias de verão em sua casa de praia, enquanto eu criava este livro! Chessa, obrigada por ser minha fiel leitora beta e como uma irmã para mim. Ross, obrigada pelas excelentes dicas de escrita, a inestimável ajuda tecnológica durante o estágio crucial de edição de texto — e por me deixar transformar seu antepassado em um Guardião do Tempo.

Josh Bratman, obrigada pelo ótimo *feedback* e incentivo a minha escrita, e por me inspirar a incluir trechos do *Manual da Sociedade Temporal* neste livro. Muito carinho a você, Alex, e a todo o clã dos Bratman!

Mia Antonelli, desde que começamos nossas épicas trocas de mensagens instantâneas, onze anos atrás, eu sabia que tinha encontrado minha melhor amiga para a vida toda! Obrigada por ser uma amiga tão maravilhosa, que sempre me apoiou ao longo dos anos.

Sainaz Mokhtari — em breve minha cunhada! —, obrigada por sua grande amizade e apoio a meus projetos.

Christina Harmon, obrigada por trazer tanta luz a minha vida, e por todo o seu doce entusiasmo com os livros da saga *Timeless*. Gosto tanto de você e de seu Chris!

Uma quantidade interminável de amor a meus avós e parentes Saleh e Madjidi por todo o mundo; sou muito grata a todos vocês!

Obrigada e carinho a meus incríveis amigos, que sempre me apoiaram, Camilla Moshayedi, Dan Kiger e Heather Williams, Jon e Emily Sandler, Marise Freitas e Stacie Surabian.

Às famílias Ameri, Cohanim e McCartt, obrigada por acreditarem em mim desde que eu era uma garotinha que autografava a cerca de vocês e insistia para escrevermos e fazermos filmes sempre que brincávamos. ☺

E, claro, obrigada a uma cachorrinha tão especial que opera milagres aonde quer que vá: Honey, você é a mais doce das companhias.

Em memória de Monir Vakili, que deixou um legado incrível e que me inspira todos os dias.

OUÇA AS MÚSICAS ORIGINAIS DE

Muito Além do Tempo

e

A Guardiã do Tempo

Baixe as músicas originais apresentadas nos livros!

Visite <alexandramonir.com> para mais detalhes, e então curta as músicas enquanto lê, para ter uma experiência completa de *Muito Além do Tempo* e *A Guardiã do Tempo*!